U0565837

关仁山小传

关仁山，满族，河北唐山丰南区人。1981年毕业于昌黎师范学校。1984年开始文学创作，历任河北省作协创作室主任、河北省作协主席、中国作协全委会委员。

关仁山的文学创作起步于20世纪80年代前半期，其发展轨迹相对清晰：师范毕业，入职小学，成为文青，业余写作，作品屡见报端。在地方上有了名气，被调到县党史办写县志，掌握了很多素材，文学水平进一步提高，直到成名成家。1985年，他出版了第一部长篇小说《胭脂稻传奇》（合著）。这部带有通俗小说风格的作品直接影响了他以后的创作。

90年代的关仁山对文学的理解与实践有了质的飞跃。他一边到基层体验生活，一边写作，不仅将文学与现实的关系联系得愈发紧密，还将现实主义文学的写作理念贯彻于创作始终。以文学方式聚焦"三农"，关注改革，介入现实，书写时代。从1995年开始，关仁山的写作正式转型，即直面改革中出现的一系列社会问题，特别是在展现农民生活、揭示"三农"问题方面，屡屡引发同时代人的共鸣。90年代中期，他与刘醒龙、谈歌、何申等人的写作，被称为"现实主义冲击波"。

90年代也是其文学创作的第一个丰收期。该阶段创作以中短篇小说为主。自1991年他在《人民文学》发表《苦雪》始，以年均一篇的产量接连发表作品于该刊。1996年，在《中国作家》发表《大雪无乡》。这部较早触及中国乡镇企业改革的作品一经发表，便在文学界引发反响。相继有《九月还乡》发表。这两部中篇小说的面世以及其他一系列中短篇小说的发表，一举奠定了其在90年代现实主义写作的地位。随着他的一系列作品屡获文学大奖，其在90年代文坛上的名家效应亦迅速发酵、扩散。他又因专注于现实主义文学创作，被誉为"河北三驾马车"之一而声名大振。

进入新世纪，关仁山的创作进入高产期，除长篇小说外，还写了大量的中短篇、影视剧本、长篇纪实文学。作品屡获中国图书奖、全国少数民族文学创作骏马奖、全国少数民族文学奖、全国"五个一工程"奖等，以及庄重文文学奖、《人民文学》优秀小说奖、《十月》文学奖等奖项。

百年中篇小说名家经典

BAINIAN
ZHONGPIAN
XIAOSHUO
MINGJIA JINGDIAN

总主编 何向阳

本册主编 吴义勤

九月还乡
JIU YUE HUAN XIANG

关仁山 著

河南文艺出版社
·郑州·

一种文体与
一百年的民族记忆

何向阳 （丛书总主编）

自 20 世纪初，确切地说，自 1918 年 4 月以鲁迅《狂人日记》为标志的第一部白话小说的诞生伊始，新文学迄今已走过了百年的历史。百年的历史相对于古老的中国而言算不上悠久，但 20 世纪初到 21 世纪初这个一百年的文化思想的变化却是翻天覆地的，而记载这翻天覆地之巨变的，文学功莫大焉。作为一个民族的情感、思想、心灵的记录，从小处说起的小说，可能比之任何别的文体，或者其他样式的主观叙述与历史追忆，都更真切真实。将这一百年的经典小说挑选出来，放在一起，或可看到一个民族的心性的发展，而那可能被时间与事件遮盖的深层的民族心灵的密码，在这样一种系统的阅读中，也会清晰地得到揭示。

所需的仍是那份耐心。如鲁迅在近百年前对阿Q的抽丝剥茧，萧红对生死场的深观内视，这样的作家的耐心，成就了我们今天的回顾与判断，使我们——作为这一古老民族的每一个个体，都能找到那个线头，并警觉于我们的某种性格缺陷，同时也不忘我们的辉煌的来路和伟大的祖先。

来路是如此重要，以至小说除了是个人技艺的展示之外，更大一部分是它对社会人众的灵魂的素描，如果没有鲁迅，仍在阿Q精神中生活也不同程度带有阿Q相的我们，可能会失去或推迟认识自己的另一面的机会，当然，如果没有鲁迅之后的一代代作家对人的观察和省思，我们生活其中而不自知的日子也许更少苦恼但终是离麻木更近，是这些作家把先知的写下来给我们看，提示我们这是一种人生，但也还有另一种人生，不一样的，可以去尝试，可以去追寻，这是小说更重要的功能，是文学家个人通过文字传达、建构并最终必然参与到的民族思想再造的部分。

我们从这优秀者中先选取百位。他们的目光是不同的,但都是独特的。一百年,一百位作家,每位作家出版一部代表作品。百人百部百年,是今天的我们对于百年前开始的新文化运动的一份特别的纪念。

而之所以选取中篇小说这样一种文体,也是出于这个原因。

中篇小说,只是一种称谓,其篇幅介于长篇小说和短篇小说之间,长篇的体积更大,短篇好似又不足以支撑,而介于两者之间的中篇小说兼具长篇的社会学容量与短篇的技艺表达,虽然这种文体的命名只是在20世纪的七八十年代才明确出现,但三四十年间发展迅速,其中的优秀作品在不同时期或年份涵盖长、短篇而代表了小说甚至文学的高峰,比如路遥的《人生》、张承志的《北方的河》、莫言的《透明的红萝卜》、韩少功的《爸爸爸》、王安忆的《小鲍庄》、铁凝的《永远有多远》等等,不胜枚举。我曾在一篇言及年度小说的序文中讲到一个观点,小说是留给后来者的"考古学",

它面对的不是土层和古物，但发掘的工作更加艰巨，因为它面对的是一个民族的精神最深层的奥秘，作家这个田野考察者，交给我们的他的个人的报告，不啻是一份份关于民族心灵潜行的记录，而有一天，把这些"报告"收集起来的我们会发现，它是一份长长的报告，在报告的封面上应写着"一个民族的精神考古"。

一百年在人类历史上不过白驹过隙，何况是刚刚挣得名分的中篇小说文体——国际通用的是小说只有长、短篇之分，并无中篇的命名，而新文化运动伊始直至 70 年代早期，中篇小说的概念一直未得到强化，需要说明的是，这给我们今天的编选带来了困难，所以在新文学的现代部分以及当代部分的前半段，我们选取了篇幅较短篇稍长又不足长篇的小说，譬如鲁迅的《祝福》《孤独者》，它的篇幅长度虽不及《阿 Q 正传》，但较之鲁迅自己的其他小说已是长的了。其他的现代时期作家的小说选取同理。所以在编选中我也曾想，命名"中篇小说名家经典"是否足以囊括，或者不如叫作"百年百人百部小说"，但如此称谓又是对短篇小说的掩埋和对长篇小说的漠视，还是点出

"中篇"为好。命名之事,本是予实之名,世间之事,也是先有实后有名,文学亦然。较之它所提供的人性含量而言,对之命名得是否妥帖则已显得不那么重要了。

值此新文化运动一百年之际,向这一百年来通过文学的表达探索民族深层精神的中国作家们致敬。因有你们的记述,这一百年留下的痕迹会有所不同。

感谢河南文艺出版社,感动我的还有他们的敬业和坚持。在出版业不免利益驱动的今天,他们的眼光和气魄有所不同。

2017 年 5 月 29 日　郑州

目录

　　九月的平原，为啥没有多少田园的味道。

　　最后的一架铁桥，兀立在田野，将这里的秋野劈开了。土地的肠胃蠕动着，于这里盘了个死结。铁路改线，铁桥废弃多年，老旧斑驳，有的地方早已歪斜了。也许在雨天里，有什么鸟儿停在上面，欢欢快快啼啭。如果秋阳从周围的青纱帐里升起来，土地和庄稼都是滚烫的，铁桥能投下一片暗影，供那些田里做活的人歇凉。长长的没有故事的秋天，晚庄稼还要在秋风里拔一节儿，而光棍汉杨双根却恼恨秋天，严格说来，他更加恼恨的是铁桥下的秋天。杨双根将锅里的剩饭剩菜都吃光了，然后牵着那头老牛到田里，将牛拴在铁桥下的铁架上，牛悠闲地吃草，他却拽出唢呐摇头晃脑地吹起来。田野很安静，棒子地里除了秋虫，再也没有别的杂响了，只有老牛许久才有的一声吆喊。

　　三尺远的地方就是棒子地。玉米胡子挑在唢呐嘴儿上。杨双根躺在草地上，愣是将唢呐吹成了哭调，与这丰收的年景儿极不协调。他的嘴巴鼓成了紫球，眉头也拧得苦。一边吹一边望桥下的庄稼。 其实这并不是秋叶飘落时的田园，而是他家承包的责任田。 他和父亲作为售粮大户的荣耀哪里去了？ 远处能听到唢呐声的人，都以为杨双根饱吹风光，遥遥召唤。

父亲杨大疙瘩坐在田头吸烟。 他默默地听着唢呐声，看着青纱帐和远处的日头。 只有他知道儿子心里恓惶。 双根的唢呐不是吹给年景儿的，而是吹给九月的。 四年前，双根心中的九月在桥底下丢失了。 后来他才知道，九月和她的姐妹们到城里打工去了。 四年前的入秋，九月到棒子地里看他，将她那处女身子献给了双根。 在铁桥下的草滩上，九月的血洇湿了秋草。 九月说咱们太穷，俺到外头挣些钱回来。俺娘和弟弟就托付给你啦！ 双根眼见着九月从羊肠子一样的田埂消失了，像梦一样虚幻。 后来，地实在种不下去了，杨双根父子也去城里打工。 杨大疙瘩明白，双根是奔九月去的，可是没有找到九月。 第二年，村长兆田硬是去城里将他们爷儿俩拉回村种田。 每年仲秋九月，杨大疙瘩都看见儿子躲在桥下吹唢呐。 玉米林子比房屋还高，使老人看不见那铁桥。 但他看见桥西头秋阳下的脊背。 男人女人的腰朝棉田深深弯下去。 四顾茫茫，都是无限耀眼的白棉花呀。 他时常看到一些鸟儿从棒子地飞到棉田那边去。 棒子地是杨家的，棉田也是杨家的。 让老人始料不及的是他们竟然雇用了城里人。 城里破产企业的工人情愿到乡下打工。 那些男女穿着洋里八怪的，又使荒弃的小村活泛起来。 杨大疙瘩掐算着，花上几万元购置塑料薄膜，一入冬就该搞冬季大棚菜了。 他没想到自己老了老了还露一回脸，美得不知是吃几两高粱米的了。 这时有两只兔子蹦到老人身边来，瞪着血红的眼睛瞅他。 杨大疙瘩就怕看红眼睛。 这些天他不断看见红了眼睛的村人。 粮价要涨，土地要吃香，已经有不少外出打工的村人回乡。 怕是九月里真的闹还乡团了。 老人信服这个理儿，农民就是要种好地，贱种才疯跑野奔哩。 灯不拨不亮，理不摆不明，天算不如人算呢。 老人笑起的时候，露出一嘴金牙，嘴边的皱纹一动一动的。

狗日的，鬼眼睛！ 杨双根忽然不吹唢呐了，两眼定定地盯着桥顶。 他感到疲乏和困倦，可桥顶上浮荡着那么多的眼睛。 他觉得这是九月那双很大很亮的眼睛。 九月在村里那阵儿，时常到桥底下的水塘里洗澡，在桥下换衣裳、梳头和照镜子。 娘不让她在桥下照镜子，说会照见鬼眼睛。 九月任性偏偏照了，还照出一股狐媚子气。 杨双根大概就喜欢她这媚气吧，女人不媚就没啥味道了。 他把眼睛合上，就会想起九月的模样来。 自从他家成了售粮大户，给他提亲的不断弦儿，他哪个也不理。 他等九月。 父亲说九月这丫头在城里都野成六月花朵了，怕是大风里点灯没啥指望了。 杨双根心想九月会回来的，她说挣些钱就回村过日子的。 老牛梗着脖子吼了一嗓子。 这牛是九月家的。 九月的母亲早年就守寡，又得了满身的病，弟弟九强才十四岁，所以九月家的责任田就由双根代种了。 卖了粮，父亲都要嘱托双根送些钱给九月娘。 每年腊月初八喝过腊八粥，杨双根还要将存储了一年的小麦拿出来，淘洗晒干，送到磨坊碾成面送给九月家。杨双根是村民小组长，别人家的事他也要管一管。 父亲说精明人都外出了，留你这傻吃憨睡的东西也派上了用场。 双根就抓着葫芦头得意地笑。 杨双根自从当上组长，也干过几件露脸的事。 如今的乡村，与过去那种单调缓慢的生活节奏大不一样了。 前些年是半年劳作半年闲，秋收过去忙过年。眼下村人忙得脚后跟打脑勺子，再也没有农忙农闲之分。 他们除了种地，还得跟市场和城市来往，同村里以外的许多人联系，各种各样的合同和威严的红印章，把他们与整个社会扭结在一起了。 杨双根除了跟父亲母亲经营三百二十亩地，还要管小组里的事。 农副产品加工不算，他还要开发荒地弄来一些资金。 有几家地撂荒，男人外出做小买卖。 乡里村里号召治理盐碱地，平整土地。 那些户没资金，又贷不来款。 杨双根愁得在田里转悠，后来他看见离地头不远的靶场，就有了来钱的招子。 这块地方是武装部训练民兵的射击靶场，已闲置几年了，那里有许多废铁桩子及踏板。 他将邻村收破烂的王秃子领来，当废铁卖给他，整整变成两万块钱，自己留些机动钱，余下就给那几户治理盐碱地了。 有两年了，没有人追问他，只有村里老少爷们儿的夸奖。 开始杨双根心里发毛，后来也就心安理得了，废着也是废着，变了钱派上用场也许就叫废物利用，而且是为集体。 想到这里，杨双根的目光就盯紧铁桥不动。 由那理儿推一推，这废铁桥也是可以废物利用的。 他想卖这架铁桥的想法不是一日两日了。 这铁桥能卖吗，即使他敢卖，会有人敢买吗，就这样嘀咕了一年多，他不知道这桥的归属，因为过去这条铁路是从矿里运煤的，村北就是煤矿的九号风井。 有人说是矿里的桥，也有人说是铁路上的桥，归铁道分局管。 你也管他也管，互相一扯皮，就等于三不管了。 坐落在杨双根村民小组的地面上，占着他们的地，迟早还要杨双根操这份心的。顺着这一根筋，他一下子就想远了。 老天又赏给他一回露脸的机会了。 再说杨双根也恨这旧铁桥。 这种恨是否与九月出村有关他也说不上来，甚至是朦胧的不明确的。 杨双根的眼睛盯着桥顶也盯得有些累了。

杨双根站起身，到玉米地里撒尿。 宽大油绿的叶片直划他的脸和膊子，他一下一下地撩开。 他系裤子的时候，看见玉米地上空的鸽群，就知道九月的弟弟九强来找他了。 他扭脸吼，九强，你小狗日的出来！ 九强往往与鸽群同时出现。他从地垄里探出小脑袋嘻嘻笑，双根哥，张飞卖秤砣，人硬货也硬！ 杨双根知道九强看见了自己裆里的家伙，就骂，小流氓，没生一张好嘴！ 你说对了，你姐不回来，俺这家伙能软吗？ 九强不瞅他，嘴里哼着歌子，引着鸽群刮了一阵小旋风，将扬花的玉米梢儿摇得哗哗响。 鸽群低伏下来，鸽子呼呼啦啦地落满铁桥。 杨双根瞅着这群白色灰色的鸽子说，俺看肥了这些鸽子，你倒是瘦猴似的，别太上心了，喂不亲的贱货，早晚还不放飞到城里去！ 九强不吭，他知道双根是指桑骂槐说他姐呢。 他喜欢这个憨厚的未来姐夫，也是常埋怨姐姐，为啥在城里野得收不回心，第一年姐姐九月每隔一月就给他写一封信，信里还夹一张纸，是给杨双根的。 九月写给双根的信没啥甜蜜话，只说身体好之类的平安话。 第二年九月的来信就稀了，只是还不断给家寄些钱来。 今年九月就不来信了，从汇款邮戳上看，九月是流动的，九强想给姐姐写封信都不知寄到哪里去。 今天姐姐九月突然来信了。 这是姐姐九月今年的唯一一封信。 信中只有"九月"两个字，字底下画了一只鸽子。 九强让母亲看，母亲叹息着摇头。九强知道杨双根进了九月就想姐姐九月。 他在村头都听见双根的唢呐声了。 知道姐姐在家的时候就爱听他吹唢呐。 九强看见自家的老牛朝他拱来，四只蹄子在田埂蹭着直响，嘴里还不停地低吼着。 九强亲昵地拍拍牛囊子，然后扭头对杨双根说，俺姐来信啦。 杨双根问，有俺的信吗？ 九强摇头说，没有你的，连俺的也没俩字，八成是她想家里的鸽子啦！ 说着就从兜里摸出那封信给双根看。 杨双根接过信纸，看着九月画的鸽子。 他知道九月喜欢养鸽子，不仅仅是要拿鸽子换钱。 村里有好几家养鸽子的。 他忽然笑了，笑得喉结上下滑动。 他说，九强，你姐要回家啦！ 然后将九强抱起来抡了一圈儿。 九强愣着眼问，你咋知道？ 杨双根举着信纸给他看，你瞧，画的这只鸽子往回飞。 脑袋朝下的嘛！ 九强接过信皱紧眉头。 杨双根弯腰拾起一块土坷垃，朝铁桥上扔去，鸽群在这不起眼的黄昏飞起来。

　　黄昏时分天气还是很热的。　秋天的傍晚，对杨双根来说，是个顶可怕顶没劲的时辰。　今天就不一样了。　杨双根牵着牛欣欣然地往村里赶，九强骑在牛背上甩着胳膊，鸽群像风筝一样跟随着他们缓缓盘桓。　九强唱些歌谣，歌谣伴随秋风在田野里弥散，散到空中去，也散到泥土里。　杨双根手里捏着那信纸，仿佛捏着一只鸽子，也仿佛拢住日月的甜蜜。　乡路上，一位背着柴火的老女人五奶奶说，双根，有啥喜事儿这样高兴。　杨双根知道自己啥事都显在脸上，笑说，这一年风调雨顺，灶王爷扭秧歌，丰收啦，能不高兴。　然后他就将九强从牛背上拽下来，又把五奶奶背上的柴捆儿放到牛背上去。　五奶奶笑呵呵地跟着。　五奶奶是烈属，大儿子是在部队抢险中牺牲的，二儿子又带媳妇孩子到外地打工了，家里就扔下她。　她归属杨双根这个第二村民小组。　她家的地荒着，后来就由村长做主统一承包给杨双根父子了，村里给老人一些补贴。　杨双根隔三岔五就到老人那里，帮着挑水做些杂活儿。　杨双根说，五奶奶，缺柴烧就朝俺说。你就在村里养身子吧！　五奶奶说，俺这老胳膊老腿的还能动弹，等动弹不了了，还少了让你操心？　杨双根说，村里秋天还乡的不少，你家老二一家子有信吗？　五奶奶说，要回来，要回来！　来信儿了，在外头混也不易哩！　像你们爷儿俩，种地不也种成了状元。　杨双根叹道，有些人在城里，是死要面子活受罪呢！　五奶奶问，你们九月回乡吗？　杨双根不置可否地笑笑。　五奶奶说她听见他吹唢呐了，还说九月找这么个婆家算是跌进福窝儿了，还有啥不知足的呢？ 杨双根听五奶奶这么说，心里又没底了。 是哩，鸟儿放出笼子，还能收回来吗？ 即便是收回笼子的鸟，还能在笼里生活吗？ 又让他想起秋天和女人的所有事情。

　　只有进了村里，残秋的景象才明显一些。 村巷里滚动着最初落下的树叶子。 杨双根让九强带着鸽子回家，他牵着牛送五奶奶。 他看见有的人家关闭几年的大门打开了，院里秋草丛生，歪斜的门楼子掉着泥皮。 过去村里很少见人，剩下的也是老弱病残，眼下偶尔能看到正常健壮的村人。 杨双根分别与他们打招呼。 五奶奶叹说，叶落归根，都回来了，村里又要热闹啦。 杨双根看到的情形。 晒被的、扫房的和清除垃圾的人们互相说笑。 杨双根来到五奶奶家。 院里空空，五奶奶从牛背上拽下柴捆儿就愣了愣，然后坐在老旧的门槛上，倚着门框吧嗒老烟杆，目送着杨双根和牛拐进小北街。 杨双根知道五奶奶盼儿子回乡，该回来的会回来，不愿回乡的盼瞎眼睛也白搭的。 杨双根掐算着九月里村人能返回七成儿就念阿弥陀佛了。 进了家门儿，杨双根将牛送进棚里，让牛独自去槽里喝水。 他瞧着牛饮水，心里又想九月了，悄悄拿出九月的信纸来看。 村长兆田披着夹袄进院，笑说，咋着，牛槽里又多出驴脸来啦。 双根扭头说，大村长有何贵干？ 兆田村长不笑了，一脸褶子往一块聚，然后叹息说，土地吃香，大户心慌，粮价上涨，干部难当啊！ 杨双根从村长兆田的脸色看，就感到了不妙。 村长兆田如今是书记兼村长了，村支书倪志强到外地当包工头去了，不辞而别，也没有任免手续，兆田就兼上村支书了。 兆田很胖，说话时嘴张圆了，像被浑水呛晕了的胖头鱼。 杨双根将兆田村长领到屋里。 他们一落座就听见对屋母亲的咳嗽声。 兆田村长问，你娘的病还没好？ 杨双根叹说，怕是好不了。 边说边往墙上挂那只唢呐。 唢呐的红绸子卷起，喇叭嘴又让双根插上一把谷穗。 杨贵庄人过去很喜欢吹唢呐。 慢慢地，唢呐几乎成为农人的护身符。 他们认为唢呐是神仙的用物，他们常常将唢呐挂在门首或墙上，再将喇叭洞插满熟透的稻谷，似乎这样就吉祥避邪了。 兆田村长觉着好笑，他眼下真的怀疑这玩意能避邪。 在这金秋九月，带给这个农家的邪气还少吗？ 还乡的农民已经争他们的土地了，还有这个家庭未来的女主人九月在外卖淫，被公安局抓住了，电话打到村委会，让村里去领人。 一同被抓到的还有村里孙殿春的闺女孙艳。 兆田村长没有声张，虽说这阵儿的城里笑贫不笑娼了，可村里还不行，嚷嚷出去这俩孩子就没脸回乡了。 兆田村长很神秘地去了城里，跟公安局说了许多好话回村了。 九月和孙艳说过些天回乡，说还有些事办一办，并向兆田村长保证不干这事了，回乡踏踏实实过日子。 她们的钱没被公安局完全罚掉，她们身上穿金戴银的，手上都有很多的钱呢。 兆田村长说，限你们这两个鬼丫头九月里回家，不然你们就别怪俺不客气了。 九月和孙艳满口答应。 兆田村长回到村里跟谁也没说，但心里一直挂念着她们。 他问杨双根九月回来没有。 杨双根愣起眼，你知道她要回来？ 兆田村长情知说走了嘴，忙改口说，俺是琢磨着，这么多人都回来了，她也该回村吧。 杨双根笑说，她来信啦，没说回来，挺能整，还画个鸽子。 俺看是回家的意思。 兆田村长叹一声，唉，回来就好哇，外头那么好混吗，不管进城还是还乡，这鸡巴年头，腰包最瘪的还是咱农民。 穷些没啥，还处处吃瘪子气，你知道村里小木匠云舟吧？ 杨双根点头说知道，他咋啦？ 兆田村长说，他瘸着回来啦，在城里为人家装修房子，包工头拖欠他一万多工钱，他去找人要，不但没给钱，还被城里人打折一条腿！ 要是在家种地，也许不会碰上这灾的。 杨双根骂了一句城里人，然后问村里都有谁还乡啦。 兆田村长扳指头叨念说，有文庆、杨双柱、败家子、康乐大伯、振良一家子、宽富一家子、广田一家子、徐大姐……他又说，多啦，有七十多户，也没见他们阔到哪里去。 也就人家杨广田在外卖菜发了，回来就争着要地种大棚菜，还说把房子推了盖栋小楼！ 杨双根喜忧参半没说话，喜的是村里又有人味儿，忧的是自家这售粮大户怕做到头了。 于是两人愣坐着有一阵没说话，杨双根看见兆田村长的目光落在墙上的锦旗奖状上。 这一墙的锦旗奖状都是他和父亲从县里乡里捧回的，什么售粮大王，什么劳动模范，什么小康之家。 如果说这是杨家的荣耀，也是杨贵庄的光荣。 兆田村长也曾以此为荣，毕竟是他一手扶植起来的。 兆田村长面对这面墙，眨着眼，脖子直了半晌。 杨双根只能看见他的侧脸，看见他那只肥肥的大耳朵。

院里老牛闹棚，院门就打开了，杨大疙瘩领着一男两女进来。 杨双根知道他们是城里人，都是针织厂的工人。 工厂停产放长假到乡下来打工。 这仨人是领班，男的负责玉米田和稻田灌水，女的负责采摘头茬棉花。 都是计件工，每天都要发一遍工钱。 城里人说半月领一次，杨大疙瘩喜欢日日清，一是不留啰唆，二是为城里人发钱是格外痛快的事。 杨大疙瘩进屋与兆田村长打个招呼，然后就抱着钱匣子为城里人数钱。 交钱的时候，老人还要叮嘱几句农活要领。 城里人乖顺地走了。 杨大疙瘩背驼得厉害，后脊上拱出一个大肉瘤儿。 肉瘤儿容满慈善，也压弯他一世傲气。 杨双根几次催父亲将肉瘤做掉，杨大疙瘩舍不得花这个钱，而且田里的活儿逼得他没那份空闲。 赶上粮价上涨的好年景儿，老人掐算今年秋收会是满意的。 他吃着碗里又看着锅里，还想好好折腾一程子，没承想，兆田村长一开口就将他噎住了。 他真没想到，九月里还乡的村民会抢他的土地了。 老人脸暗着，后背的肉瘤哆嗦起来。 兆田村长说，没办法，俺也是被逼无奈呀！ 俺也想了几天啦，跟村支委们碰了头，都没啥好招子，人多嘴杂，耕地越来越少！ 就说村北那片地吧，贾乡长的小舅子围了地，说要买下给台商搞造纸厂，圈了一年多也没动静，地钱还欠着。 杨双根说，那就收回来呗。 兆田村长为难地说，贾乡长能依？ 就是表面依了，从哪儿都能给你一双小鞋穿的。 杨大疙瘩说，不管村里地多地少，俺们承包是有合同的，承包期十年。 咋着，咱党和政府的政策又变啦，也大腿上号脉没准儿啦？ 兆田村长说，唉，政策没大变，可下头小九九多哇，你是知道的，当初地荒着，县里乡里逼俺跑城里找人，俺将你们爷儿俩找回来，是许下愿的。十年不变，十年河东十年河西，俺瞅着十年没跑儿，谁承想刚三个年头，土地又吃香了，村里人不用找就自己往回颠！乡里就又开会了，重新承包土地！ 杨双根骂，这些势利鬼，粮价一涨就种地，不合算就往外跑。 俺是想，明年粮价再变，还打白条子，他们难道又弃田而逃？ 兆田村长说，谁知明年咋样，再胡球折腾，俺也不当这屌官啦！ 杨大疙瘩闷闷地吸烟，不吭。 他刚才进村，就看见满街筒子的村人，也闹不清这些人从哪儿冒出来的。 完了，这地是保不住了，这些人原来是奔土地回乡的。 他闭着眼，眼眶子里抖出了老泪。

兆田村长嘴困舌乏懒得说下去了。 他呆呆地瞧着杨大疙瘩。 他知道老人是厚道的庄稼人，种地都种出花儿来了。就是过去学大寨修梯田那阵儿，老人也当过标兵。 老人跟土地亲哪。 三年前家家田里荒着，老人还在自家责任田里种上冬小麦。 杨双根急着去城里打工找九月，老头儿不放心这愣头青，才不情愿地离开土地走了。 爷儿俩没找到九月，就偎在城里的居民楼旁炸油条卖豆腐脑。 是兆田村长苦心劝说，才将这爷儿俩拽回土地上的。 他们回乡的春天，正是一场大旱。 老人招呼着村里的老弱病残到灶王庙里做了祈雨法会。杨双根跟父亲回乡种地了，他没找到九月，也懒得在城里泡了。 再说九月走时有话，她娘和弟弟得靠他照料。 对于九月，他向来是很顺从的。 兆田村长起身要走，杨大疙瘩留他晚上喝酒。 兆田村长说，俺还有事的，这群杂种一来，按倒葫芦浮起瓢。 然后又说，你们先收秋，秋后再分地。 俺先顶着，你们没听说别山村的事儿吧？ 杨双根问别山村咋啦，兆田村长鼓起腮帮子骂，咱村还算好呢，别山村的两个种田大户上县里告状去啦。 回村的人，没收秋就抢地，敢情回家吃白食儿啦！ 玉米田给掰光了。 说还给人也打啦！ 杨大疙瘩惶惶地说，老和尚打伞无法无天啦。 杨双根也慌了神儿，这政府就不管吗？ 兆田村长说，管是要管的，可这法不责众嘛！ 都将人抓了，一村里住着，子孙做仇哇。 杨大疙瘩摇头晃脑地叹气说，人哪，这从城里浪荡回来的农民，胆子大得敢操天的！ 兆田村长，你可得给俺们做主哇！ 就跟乡亲们说，俺收了秋就让地。 兆田村长满口应着，晃晃悠悠地走了。 他走出几步不断回头张望，笑着招一招手。 杨大疙瘩觉得村长的笑容里藏着东西，越发不踏实，回到屋里端出钱匣子，拿出红纸裹了钱，递给杨双根说，双根，去给兆田村长送去。 杨双根迟疑了一下说，往年不是收了秋才给村长送红包吗？ 杨大疙瘩虎起脸训他，你懂个鸟儿，今年不是闹还乡嘛！ 不给村长见点亮儿，谁来保护俺们？ 杨双根无话可说，接了钱扭身出去了。 杨大疙瘩瞅着窗外黑咕隆咚的样子，顿觉胸口疼，就知道心病与疾病结伴儿来了，缓缓蹲到屋地上，老脸蜡黄而虚肿了。

从兆田村长家里出来，杨双根感到傍晚的小村确实有人味了。家家户户的炊烟，轻轻飘起来。晚炊在夜天里晃晃悠悠的，他的心也跟着晃荡。不知是谁家的门楼子塌了，几个人在那里清理道路。也不知是谁家放着录音机，里边的一首歌曲使杨双根耳目一新。咱老百姓们，今儿晚上真呀真高兴……高兴高兴……杨双根站了一会儿，听得血往头上涌，后来一想，心里骂这年头有啥事能让老百姓这样高兴，然后抬腿就走，大脚踩着了一窝聚群儿的鸡，鸡们叫着跑掉了，后来一路上总碰着黑天还不进窝的鸡们。这鸡婆子跳骚，不是要闹地震吧！直到杨双根进家门了，才让他真正地高兴起来。

九月在屋里为杨大疙瘩捶背。

瞅着九月，杨双根的眼睛就亮了。九月问他，自己有变化没有。杨双根嘿嘿笑说，还那样儿。但他看出她身子消瘦，皮肤有些松弛。眉啦眼儿依旧透着媚气。她身子不板，腰肢柔软，在外面待久了，连说话走路的姿势都活泛了，懒懒怠怠的样子很好看。母亲放下灶台上的活儿，过来跟九月说话。她怕九月还要走，便试探着问她今年有多大了。九月说都二十五啦。九月说这话时感到十分疲倦，好像已经相当苍老了，像朵还没正式开放的花过早地凋谢了。可她有钱了，有钱和没钱说话口气都不一样。九月看出婆婆的心思，咯咯笑，说她这次回来要跟双根结婚过太平日子了。杨双根想，你在城里的日子就不太平吗？父亲和母亲眉开眼笑的，他们太缺人手，而且盼着抱孙子呢。 杨双根知道九月说话算话，这回肯定不是天上扭秧歌空欢喜。 这样一来，九月不用捶背，杨大疙瘩的胸口也平顺许多。 他将九月支开，独自在灯下鼓捣秋天收支账目。 他没有账本，但全部账目都在心里装着。 他知道，今年米价和棉价都上调不少，按最倒霉行情，除了全部开销，赚项仍是很大的，只盼今年政府别再打白条子。 前年的白条子还有一半没兑现呢。 尽管这样，他还是舍不下这片地。 他在地上舍得花血本，化肥和大粪铺了几遍了。 当初接手那阵儿，全是盐碱地，地皮冒白面儿，人走上去硬邦邦的。 如今从地里抓把土，就能攥出油水来。 他还添了那么多农具，水泵就买了三台。 他领导着这个超负荷运转的家庭在地里奔忙，仿佛不是一个家，而像过去的一个生产队。 老伴累垮了，有一次吐血晕在田里，杨大疙瘩怕她出闪失，就再也不让她下田了。 九月回来了，九月能牢抓实靠地在田里转吗？ 老人犯嘀咕的时候，九月笑说，听说种地也不少来钱呢。 杨双根说，刚才村长来过，咱家的地被他们夺走啦！ 你也是奔地来的？ 九月瞪他一眼说，傻样，俺奔谁来的？ 杨双根嘿嘿笑。 杨大疙瘩在饭前又跟九月诉屈，售粮大户的如意算盘越发不如意了。 九月问，就这么白白将地让出去？ 咱又不是稀泥软蛋，往上告，咱有合同，怕啥？ 杨双根说，村里那么多人都回来了，咱又不忍心，都得有口饭吃吧！ 杨大疙瘩叹说，再说兆田村长那里也挡不过去呀！ 听到兆田村长，九月的口气就软下来，眼睛恍恍惚惚总走神儿，后来就将话题转到城里打工上来。

　　夜里十点钟左右，九月起身回家。 杨双根看着九月露出的一截儿暄白的胸脯儿，胸中便涌起一阵潮水，热热的发躁。 他留她住下，九月说东西都在那头，等登了记结婚就正式搬过来。 杨双根就以送她为名赖着跟过来了。 他们先是到牛棚里看了看老牛，到村西九月家里时，那群鸽子早已进窝，咕咕地叫呢。 杨双根听九月夸鸽子就说，是俺判断你回家的，你画的鸽子脑袋往地下栽呢。 九月说，这年月傻人也练奸啦！ 杨双根不服气，你才傻呢！ 九月咯咯笑，傻人最不愿听别人说傻。 不过，傻人心眼儿都好。 杨双根夹着九月的腰进了屋。 九强搬到母亲那屋睡下了，九月闺房都已布置好了。 杨双根嗅到满屋子香水味。 九月抿紧嘴儿看他，样子顽皮且好看。 看了一会儿，九月从皮箱里拿出一堆衣裳，让杨双根站在灯光下试穿。 她说你这土老帽儿，俺得着实给你打扮打扮。 杨双根不客气地说，俺如今是村民组长，穿点好的也应该。 九月撇嘴说，屁，这破官怕是跟城里扫大街的一个级别！ 杨双根说，你别拿村长不当干部！ 在咱的地面上，俺还有权呢！ 然后吹嘘说卖靶场废铁治盐碱地的事，吓得九月打冷子。 九月说，你别逞能，弄砸了会蹲大狱的！ 杨双根说，咱一颗红心为集体！ 自己嘛，只拿小头儿。 九月说，别当那个组长啦，咱们往后开个家庭工厂，挣大钱。 杨双根吸冷气，俺的姑奶奶，建厂哪有资金。 九月大咧咧地说，俺还没想好上啥项目，资金不愁！ 杨双根斜着眼看她，哦嚼，几日不见你成财神奶奶啦！ 九月说俺就是财神奶奶，细想太过，忙拿话将其遮盖过去了。 杨双根试了一件又一件，都觉得太洋了。 九月说他，你别老汉选瓜，越选心越花。 杨双根扔下衣裳，坐在床头说，俺还花呢，你再不回来，俺都该废啦，说着就动手动脚地摸九月的手和身子。九月这次回家不想马上跟杨双根同床，她想调整调整，可也架不住杨双根的搓揉，情不自禁地偎过来，抱了一阵儿两人就上床脱衣裳。 杨双根一年没沾她了，饿虎扑食地凑过来，九月摇头晃脑地叫唤起来，仿佛愉快得要融化。 杨双根骂她，叫啥，俺还没挨你呢！ 九月马上意识到身上的男人是双根，脸立时红了。 她睁着眼一把搂紧他，浑身冒了一层热汗。 杨双根上去没两下就滚下来了，九月痴痴地瞅着他，鼻尖上渗出一颗颗美丽的汗粒。 她想，在外面可没碰着一位这么乖的主儿。 杨双根没发现九月的表情，自己却很理亏似的叹息着垂下头。

转天很早，杨双根被窗外的鸽子吵醒。 他发现九强的小脑袋趴在窗台往屋里偷看。 杨双根一点也不怒，一边穿衣裳一边朝九强眨眼睛。 九强嗖地一下闪开了。 这时候孙艳站在屋外喊九月。 杨双根捅醒了九月，顺手将那条体形裤扔给她说，孙艳喊你呢。 九月揉着眼睛穿衣裳，孙艳提着一包东西就进来了，孙艳说，刚回来就入洞房啦，杨双根笑说，赶早不赶晚，省着也是费！ 你跟小东没搂一宿？ 孙艳笑说，俺们可没你们神速！ 说话时九月就起床穿戴好了，这才想起她跟孙艳约定去看兆田村长。 杨双根问，你这大包小包的孝敬谁去，孙艳说，俺跟九月姐去看兆田村长！ 杨双根点头说，也学会溜须了，想分几亩地吧？ 孙艳和九月对望一眼。杨双根说，看来你们这回真的想在村里扎根儿啦，九月一边照镜子一边说，电视里总说，留在家乡建设家乡。 杨双根说，你们在城里美够了，这回唱高调来啦？ 孙艳说，就是美够啦，气死你，气死你。 杨双根骂，这刁丫头，回头告诉小东整不疼你！ 然后大大咧咧地回家牵牛去田里了。 九月对着镜子要化妆，孙艳建议她别再像在城里化得那样浓了，淡妆浓抹总相宜嘛！ 九月就真的化了淡妆，一照镜子，发觉自己淡妆更好看更迷人。 她们提着东西赶到兆田村长家。 兆田村长家正来客人，兆田村长扭动着肥胖的脖子，一会儿跟客人说说话，一会儿扭头看九月和孙艳。 他说，你俩平安回家就好，还拿啥东西。 九月当着客人面也没把话说透，就说村长为俺俩操了不少心，日后还求村长守着这份秘密呢。 然后就哧哧笑，脸蛋弯成柔情的月亮。 兆田村长竟没发现她俩有一点羞耻的意思。 他看见两个人穿着漂亮的衣服戴着贵重的金首饰，头一回感到她俩真的姿色不弱，是副撩人的坯子。 他笑笑说，如今你们姐俩也是在城里见过世面的啦！回村除了照顾家庭，村里有啥事还得求你们帮助呢。 孙艳浅浅一笑，俺们能干啥！ 九月将话拖过来说，有啥事，你就吩咐！ 兆田村长笑起来，忙站起身将她们介绍给客人。 客人是个三十出头的小老板，贾乡长的舅爷儿，现任金河贸易公司的总经理。 那公司是乡供销社的三产。 兆田村长说冯总经理可是财神爷呀! 咱杨贵庄的好多事,还靠冯总关照哪! 九月和孙艳朝冯经理礼貌性地点点头。 冯经理自从九月她们进屋,眼睛就不够用了。 他咂咂舌说,兆田兄,二位小姐光彩照人哪! 想不到咱杨贵庄也出美女呢! 兆田村长顺杆就爬,笑说,你别闹,当年乾隆爷选妃子,就从俺村选走一位呢! 冯经理摇头说,不对,乾隆太晚,我现在怀疑,大名鼎鼎的杨贵妃是不是你们庄出去的? 兆田村长笑说,这可就玄啦! 九月和孙艳跟着笑。 兆田村长见冯经理眼睛放光,就明白了一切,操持着放桌打麻将。 冯经理的 BP 机响了几次,也不去看,只想着跟九月和孙艳打麻将。 九月并不喜欢这位小老板,说家里还有活儿要干。 孙艳只是听九月的,在城里九月一直是她的主心骨,九月想走她就站起身。 兆田村长脸就阴了,冷冷地说,九月,这点面子都不给你叔吗,俺知道你们是搓麻的高手! 冯经理说,女士只赢不输,一切由我兜着。 兆田村长说,她俩有钱! 俺琢磨着,咱村回乡的都算着,也不如你姐俩有钱! 九月笑说,别给俺们戴高帽儿啦! 兆田村长说,戴高帽儿,不对。 瞧他们回家找俺要地的样子,就看出没啥出息啦。 你俩咋没要地呢。 冯经理说,大村长,小姐们是此地无银三百两啊! 兆田村长赔着笑。 九月眼见着兆田村长嘴里该把不住门了,就给孙艳递个眼色,悻悻地坐下来玩麻将。 冯经理先从手包里取出大哥大,又掏出一沓百元一张的票子,嘴里骂骂咧咧地说,人生在世，生不带来，死不带去，不玩儿白不玩儿呢！ 兆田村长瞅着冯经理的那沓票子，心里骂，这杂种，村里的占地费老拖着不还，自己包里总是鼓鼓的。 这一刻，他忽然冒出个念头来。 玩起来的时候，冯经理总是打情骂俏地逗九月，九月不卑不亢的样子，让他心里骂她是不解风情的丫头片子。

九月的日子把杨双根挤出好多邪念头。 这些念头最初是朦胧的，随着村民的大量还乡，这种念头越发强烈了。 他搂着九月睡觉的时候，梦里不再有九月，原先九月的位置被田里的那架旧铁桥占据了。 好似着了啥魔，左右脱不掉这老桥。 那天给村长送红包，他就跟村长说旧铁桥的事，兆田村长说得找矿上，那是煤矿的桥。 那天他和村长都喝醉了酒，路过铁桥时，兆田村长醉迷呵眼地骂，这鸡巴铁桥和废铁道占了咱村不少地，哪天给它拆喽！ 杨双根架着村长也跟着骂。 醒了酒他依然还记着。 他围着铁桥掐算，这旧桥会拆下不少废钢废铁，准能卖个好价钱。 拿这些钱去葫芦滩开荒地，他家就会保住大部分耕地，而且他这小组的人都有地种了。 桥是公家的，地也是公家的。 最终露脸的还是他杨双根。 到那时连九月都不会小看他的。 他为自己的计划欣喜。 后一想，他怕跟村长讲了都来吃一嘴，都来分这块地，就先瞒着他们，等生米煮成熟饭就好了。 他甚至埋怨父亲，埋怨村里争地的所有人，两只眼睛光盯着现成的地。 这年月只要动一动脑子，来钱的招子多得很哩。 他想，父亲说，自古以来天上有玉皇，地下有阎王，都管着咱庄稼人。 杨双根都觉得阎王爷好见小鬼儿难挡。 所以，他要对自己的行为进行咨询，以免出现意外枝杈。 那天他随父亲指挥人将籽棉入仓，抽空就牵着老牛溜了。 他总是用老牛做掩护。 杨双根去了十里地开外的矿井，听说煤矿分局的办公室就在那里。进了院子，他就将牛拴在矿务局门口的电线杆上，自己去了办公室。 人们都很忙，没有搭理他。 这时他又多了一个心眼。 他朝一个老者说，俺是杨贵庄第二村民小组组长杨双根。 在俺组的地面儿上有你们一架铁桥和一段铁轨。 眼下村里在外打工的人都还乡了，人多地少，你们是不是将桥和铁轨拆掉，给俺们腾出一块地来。 老者闻着了他身上的牛粪味，挠着鼻子将他打发到办公室主任的屋里。 杨双根又这样说一遍。 主任正在写材料，也是爱搭不理的，听完了半晌回忆不起有啥桥。 杨双根心中暗喜，心想你们忘个屌不剩的才好呢。 主任不知给哪屋拨了电话，问了问情况，然后回绝他说，拆桥得花多少钱哪，你知道吗？ 再说那桥不归我们分局管，那是铁路分局的事。 杨双根没想到他们一竿子支到铁路分局那儿去了。 他愣了愣，赖着继续询问些情况。 这时候楼下的老牛不停地吼起来，惊得门卫上楼嚷嚷谁的牛。 杨双根急三火四地下楼牵牛走了。 走到路上天就黑了。 杨双根腿走得有些累，就骑到牛背上。 这阵儿就想，明明是矿上的桥，是运煤专线，怎么说就让给铁路局了呢？ 第二天上午落了一场秋雨，地里没法干活儿，连城里打工的也歇着，九月又被兆田村长叫去打麻将了，杨双根心里鼓鼓涌涌，就披上雨衣去了铁路分局。 进铁路分局大楼时，杨双根心里很紧张，他怕铁路分局顺坡下驴赚个铁桥，就狗咬刺猬不知咋张嘴了，支吾半晌，还是照老样子说了。 铁路分局很认真，查了查档案，还是矢口否认铁桥归他们管。 杨双根心里踏实了，欣欣然地下楼想，看来这铁桥非得俺这个组长管了。 顶着雨，杨双根又直接回到铁桥那儿看了看，越瞅越像自个儿的财了。 怎么拆，卖给谁，他心里还没谱呢。

父亲杨大疙瘩很相信节气对身体的影响。 雨下得到处水啦啦的，天气也明显地凉了。 他穿上薄棉背心，还叮嘱九月和双根多穿些衣裳。 他见九月还穿着连衣裙，就说她别忘记穿衣裳。 她笑说，爹，古语说春捂秋冻，不生杂病嘛！ 她说话时对着镜子描了眉，画了眼睛，涂着唇膏，烫过的半长头发在肩头随便一卷。 杨大疙瘩瞅着不顺眼。 他更喜欢过去的九月。 杨双根跟父亲不一样，九月的美貌和丰姿常常使他激动。 她在他眼里不仅媚而且洋了。 杨双根不止一次听村人议论九月，说想不到一个女人家在外混得好好的，为了双根说回乡就回乡了，赚到钱了气也粗了，模样也俊气了，真不是杨双根那傻小子配得上的。 杨双根听见别人夸九月，心里美。 他早有金屋藏娇的意思，又怕拢不住九月，就想干点惊人的事儿，到时卖了桥开了荒地，让九月和村人对他刮目相看。 下午兆田村长在喇叭里招呼村民组长开会。 杨双根看兆田村长的意思还让他干下去。 兆田村长还表扬了他，特别说那次治盐碱地的事。 兆田村长让组长们准备重新分地，维护秋收秩序，安置好还乡农民，还要搞好科技兴农。末了他说，咱村这几年外出打工的多，文明村小康村的称号与我们无缘，今冬明春俺们要当上文明村，奋斗两年直奔小康。 杨双根心里热乎乎的，脸上像过年一样快活。 回到家里他还庆幸自己的机会来了，那架铁桥将会给他带来好运气。 这样走道捡鸡毛又给他凑了点撺（胆）子。 父亲对杨双根的高兴模样不以为然，九月也没理会他的变化。 父亲的土地要丢了，心情很坏，默默地杀了几只鸡煮了。 母亲说有的还能下蛋呢。 九月说不过节杀鸡做啥，父亲沉着老脸像奔丧的样儿，不吭。 问紧了就说今天午饭家人都要吃鸡肉。杨双根懂父亲的心思，他想爹忍饥挨饿怕了，因为鸡与饥同音，吃了鸡就去饥，就不会闹饥荒哩。 杨双根说，爹，咱家不同往年啦，咱是售粮大户还怕饥荒，去年收的玉米、大豆、稻谷、小米和高粱，卖了几十万斤，还剩二万四千多斤，厢房盛不下，还搭了粮囤。 今年收成还比去年好，怕个啥，几年颗粒不收，也不会饿着咱们。 父亲终于绷不住地说，没了地，光有粮顶个屁，遇上连雨发了霉，老鼠都不吃的！ 杨双根知道父亲难受。 其实就剩下的地，养家糊口还是蛮富余的。 老人是好强的人，他是怕售粮大王的荣耀丢了，不忍心将自己养肥了的土地让出去。 九月劝说，爹，俺正想办法，替咱家多保住些地。 父亲杨大疙瘩快快地吸烟。他不相信九月。 杨双根又说，爹，俺可真正为咱家保住一些地啦。 父亲扭脸凶他，少跟俺吹五唤六的，就你那两下子，吃屁都赶不上热乎的。 老人说着又生气了，气是气，只叹家族没权没势吃哑巴亏了。 杨双根愕然地仰起了脸，脸木在半空。 他欲言又止。 他还不愿将铁桥的事说漏了，走漏一点风声，都会招来村里一些见利忘义的人。 这时候母亲将煮熟的鸡肉端到桌上来了。 都吃鸡肉，无话可说。 杨双根大口地吃肉，嘴弄得很响。 九月说他吃饭不要出声，城里人都这样。 杨双根说这是啥屁规矩，不出声能吃得香吗？ 然后他看见父亲费力地吃肉，喉咙也弄得很响。 老人跟别人吃不到一块去，鸡块儿常常从牙的豁口处掉下来。 窗外的雨没有停，杨双根扭头看见院里墙头挂着的玉米棒子，还有扎堆挂串的红辣椒，都滴答着水珠儿。 红的黄的，好像开疯了的花朵，挺好看的。

秋天的雨点子划出一条条亮线。

午饭后，父亲吸着烟瞅雨。 这场秋雨虽然使棉田误了工，可也为晚玉米灌了最后一茬水。 这样可以省下一些抽水机的油钱。 他手上的钱不多了，算计着晴天之后将摘下的那批籽棉交到乡收棉站去。 他去过了，有交棉的了。 政策变化的确有了显应，今年棉农领到现款，等级也高，打白条子的时代真要过去了，瞧瞧，刚刚碰着好年景儿，土地就丫头抱孩子不是自己的了。 总也甩不开这档窝心事。 眼下唯一能让他遂心的是这个家。 九月回乡了，虽说九月变得厉害了，但日后能挑起门户来，有啥不好，餐桌上暖融融的气氛，又使他对即将丢掉土地的大户，以及这个大户在村里的未来处境，生了几多希望。他将九月和儿子叫到屋里来，吩咐他们趁雨天闲时到乡政府登记结婚。等雨过天晴就忙了，他还给九月派了活儿，让九月指挥那些城里人采摘棉花。九月挺满意，她也有机会管管城里人，这本身就是很神气的事。她又想起自己和孙艳初到城里打工的艰难。她们最初进的也是针织厂，遭城里人的白眼不说，活儿也是最脏最累的。她整日陪着那架破旧的织布机转，她和孙艳吞进的棉纱粉可以织件衣裳了。她腰疼、胸闷、月经不调、掉头发。她们忍着，谁让咱是乡下人呢，那个色眯眯的白脸厂长认为她们软弱可欺，凭几双袜子就将她们玩弄了。后来她们听说厂里乡下姐妹，有点姿色的都被厂长玩过，厂里私下传言:不脱裤就解雇，不解雇就脱裤。是这狗日的厂长带她们到舞厅里去，使她们懂得了女人的本钱。多好的挣钱机遇哩！与其在织布机旁卖力气，还不如在外卖青春，左右不过一个卖字，不然在厂里也会被白脸厂长占有。她们主动将厂长解雇了，在城市男人之间游荡。这类营生也难也苦，也冒风险，可那是无本生意立竿见影的。如今她和孙艳都在城里银行存了十八万元，回乡吃利息都够了。后来她见到白脸厂长，白脸厂长说农民进城将城市的安宁搅乱了，农民是万恶之源，随后就列举一些男盗女娼的事例。九月反驳说，你们城里人坑害农民的事还少吗？假种子、假农药、假化肥，还有你们城里人吸毒。吸毒才是万恶之源呢！白脸厂长被噎住了。九月那样说的，实际上她也很难分清哪里好哪里坏了。她学会了喝酒吸烟，学会了玩麻将，学会了唱卡拉 OK 里的歌曲。 但她始终告诫自己是个农民。 不是吗，在城里时有位大款带她去听音乐会，都是一色美声，莫扎特之类的名字她首次听到。 那位大款发现九月漂亮的脸蛋上泪水盈盈，以为她被音乐感动了，夸她的素质在提高。 谁知九月却抽泣着说，一听这歌曲就使俺想起家里的牛和鸽子，俺家的牛吼和鸽鸣就这调子。 大款知道她想家了，立马就倒了胃口。 九月终于还乡了，每天听见牛吼和鸽鸣，亲切而踏实。 只有闲下来的时候，她才感觉乡间也少了什么。 当她走进白花花的棉田，在那些城里女工面前发号施令，感觉日子很好，土地也很好。 当城里人喊她女庄主时，她感觉很神气，也就生出许多想法。 土地不能丢，来日开个大农场，说不定真的当上女场长呢。 她与杨双根登记结婚了，杨大疙瘩说收了秋正式举行婚礼，那时也有了钱，好好闹闹。 杨双根也同意，他正忙得烂红眼轰蝇子，反正九月已经正式搬过来住了，晚上她能陪他亲热就够了。 眼下，杨双根被卖铁桥一事困扰着。原先他想九月想得梦里胡说八道，果真有九月了，他却不怎么拿女人当宝儿了。 他梦里喊卖桥喽，九月就审他桥是谁家姑娘。 杨双根就笑，笑声在嗓子眼里打哽儿。 九月嗔怨说，你跟那些打工回来的人比，是土地爷打哈欠！ 杨双根问咋啦？ 九月说，土气呗！ 有时俺觉得男人去城里打工，就像参军入伍，锻炼锻炼挺好的！ 杨双根不服气地说，你别门缝里瞧人，日后你有好戏看哪！ 九月揣摸着他的话，眼睛很忧郁。

秋天的上午，一直到晌午之前，杨双根和九月都在棉田。 杨双根将老牛套上一挂车，将没有棉桃的棉秸拔下来，用车拉回村里，留作冬天烤火用，还可以做生炉子的引柴。晌午时的最后一车棉柴，他直接送到五奶奶的院里。 五奶奶的儿子一家还没回乡。 老人强挺着坐在门口张望，见到双根就哽哽咽咽哭得好伤情。 杨双根说，也许你家二头在外混得好才不愿回家的，别太伤心。 随后劝几句，就赶车去邻村找收破烂的王秃子。 王秃子听说杨双根有生意，小眼睛比脑顶还亮，硬摁着杨双根在他家喝酒。 王秃子十分羡慕杨双根总能找到财路。 杨双根没有说透，酒足饭饱之后领着王秃子到铁桥那边来了。 王秃子牵着那头灰色毛驴，嘴里不停地哼着没皮没脸的骚歌。 杨双根发现他的毛驴上还搭着两个耳筐。杨双根觉得好笑说，你老兄跟俺捡牛粪蛋呀！ 这回可是大家伙，两个筐子盛个蛋！ 王秃子笑说，你们村还有啥值钱玩意儿，除了废锅就是烂铲子！ 他越这样说，杨双根越不点透，心里想，等你见到铁桥抱着秃瓢儿乐去吧。 王秃子坐在他的牛车上，一只手牵着毛驴。 杨双根觉得王秃子挺对路子，也不知从哪儿捡来的铁路服装，脑袋顶着一顶铁路大盖帽。 他问王秃子家有铁路上人，王秃子说，这一身衣服是从破烂堆里捡的。 他妈的城里人就是富，这么好的衣裳都扔了。 杨双根鼓动地说，这些天跟俺跑这桩生意，你就穿这身皮挺好的。 王秃子瞪眼骂，你小子别拿咱穷人寻开心。 杨双根懒模怠样儿地瞅他笑。 沿弯曲的田间小路往棒子地走，王秃子一颗心揪紧了，禁不住咕哝起来，你带俺去哪儿，你不是想害俺吧，杨双根说，别自作多情了，害你俺还嫌脏了手呢！然后就拐到铁桥底下了。 王秃子两眼贼贼地往桥下寻，没看见有一堆废铁。 杨双根笑骂，你狗眼看人低，往上瞅嘛。王秃子说上面是桥哇。 杨双根拍拍王秃子的瘦肩说，就是这铁桥，卖给你，你拆掉卖钢铁，咱算计计谈价吧。 王秃子身架一塌，吸口凉气，妈呀，卖桥。 杨双根稳稳地说，这是废桥，矿务局和铁路局都不要啦，由本组长卖掉，然后用这钱开荒地。 王秃子搓了搓鼻子，说你饶了俺吧，俺可是上有老下有小哇。 杨双根愣起眼。 王秃子哆嗦着爬上驴，朝杨双根摆摆手，灰溜溜地颠了。 杨双根追了几步喊他。 王秃子一边拍驴背一边怨气地骂，白他妈管你一顿酒，人和驴就掩在青纱帐里了。 杨双根也回骂，你他妈狗屎上不了台盘，送到嘴边的肥肉都不吃，受穷去吧。 骂完了他就笑了，笑得很响亮。

这个平淡的午后，是杨双根最蹩脚的日子。 杨双根独自发了一阵子呆，就去棒子地撒了尿，爬上牛车伸直了脖子望桥。 午后的日头还很威风，晒得桥根儿热烘烘的，雨后的湿地上有地气升上来。 他的鼻孔里嗯嗯地喷气，一只脚一下下踹着牛尾巴。 老牛甩着尾巴吃草。 有鸟儿在桥上鸣叫，细听是草棵里的蚂蚱蝈蝈叫呢。 一只青蛙蹦上了车辕子，有一股尿水甩到他的脑袋上，凉凉的。 他拿大掌撸一遍脑袋，就借着风将空中飞舞的葵花粉抹上去了。葵花粉很香，还有股子日头的气息，甚至是九月以身上的香气。这时的九月已没有这香气了，也许被洋香水味冲掉了吧。那时的他和九月坐在桥下吃玉米饼瓜干馍，亲热劲儿连老牛都眼热，九月头扎红头绳，一件淡蓝色的小背心，遮不住她鼓胀胀的胸脯，他冷不防就伸手摸一下。九月咯咯笑，一点也不恼。眼下，他却觉得九月气息逼人，只有她支配自己的份儿了。他睁开眼，留心察看，周围的庄稼地里长出很多眼睛一同盯着桥，他想铁桥是应该说话的，俺卖掉你愿意吗？铁桥脸总是戚戚的，对他爱搭不理。他一时觉得挺没劲，脑袋一沉迷糊着了。他终于感到力不从心。老牛用秋草填饱了肚，就长长地吆喝了一声。这声音将那头棉田里摘棉的九月引了来。九月腰里扎着棉兜儿，乌黑的头发揉成老鹊窝了，乱乱的。杨双根被九月揪住耳朵拽醒了，感到一股香气从她身上荡来。杨双根讪皮讪脸将她拽上车，伸手就揉她的两个大奶子。他发现九月回乡后奶子格外大了。九月竭力挣脱他，还骂恶心不恶心。杨双根沮丧地松了手。九月变了，过去九月能在桥下的草滩跟他来。这阵儿的九月很挑剔了，即使在房里也要铺得干干净净。杨双根气得甩一长腔，屌样儿的。九月说，你中午不回家吃饭，也不去田里干活儿，跑这荡啥野魂。杨双根寒了脸说，俺做的活儿顶你们干一年的。中午有人请俺吃饭，还能饿着俺。九月忽地想起啥来说，谁请你？是不是刚才那骑毛驴的秃子。杨双根愣问，咋，你也认识王秃子？ 九月生气地说，你跟这拾破烂的能混出啥名堂，你还美呢，刚才爹就是伤在王秃子手里！ 杨双根越发糊涂了，这都哪儿跟哪儿啊。 九月说，午后王秃子骑驴从田头过，他骑的是公驴，爹牵的是母驴，公驴见了母驴就发情地叫，将王秃子甩到河沟里俩驴就踢咕成一团了，糟蹋了一片棉花，爹上去拽母驴才被踢伤的。 杨双根问，爹伤得重吗？九月说左腿被踢肿了，有瘀血，俺让人送回村里包扎了。 杨双根问王秃子咋样。 九月说，王秃子弄了一身泥水，跟鬼似的。 杨双根嘿嘿笑，活该，摔得轻！ 这个秃子缺心眼儿。九月也轻轻地笑了，是人家缺心眼儿还是你缺心眼儿，杨双根说当然是他，随后噤了口，扭脸瞅铁桥。 九月说，这铁桥有啥好看的，它还不如这老牛。 杨双根倔倔地说，这老牛破车疙瘩套有啥好的，九月指着牛肚子说，这牛身上有个骚东西，可供你吹呀，杨双根锥起眼睛瞪她。 九月就笑，仰脸看秋空干干净净的，一点云彩也没有。

　　每个人在倒霉之后总是巴望着转运。 杨大疙瘩在家里养腿的最初几天，悄悄去邻村一位大仙那里卜算了。 算算家庭，算算收成，还算算土地能剩多少。 大仙望着缭绕的香火打哆嗦，说这几样哪桩也不好，家大业大，灾星结了伴儿来。 杨大疙瘩求大仙给寻个破法。 大仙让他回去，在没有月亮的夜里，将一块红砖撒上朱砂埋在院中间。 杨大疙瘩默默地照说的做了。 九月夜里看见两位老人埋砖头，引发了她许多神秘的猜想。 她照例给父亲灌好热水袋。 热水袋是她还乡时给老人买的，眼下真的派上了用场。 她用一条灰旧的老布包了一层，搁在父亲的伤腿上。 杨大疙瘩就说舒服多了，然后就听窗外街筒子上并不新鲜的骂街声。 秋夜冗长而拖沓，以至连村人打架骂街的时间也拉长了。 男人骂的声音粗，女人骂声尖细，扭结在一起还夹了厮打的声，全村每个角落都能听到。 杨大疙瘩心中诅咒九月的日子，这混账九月，小村像疯了一样。 没地的人家不如意，有地的大户也不安，狗咬狗一嘴毛，槽里无草牛拱牛。 他更加害怕那些红眼睛的还乡人。 这些天他家的庄稼连续闹贼了，棒子被擗掉不少，棉花也丢了一些，甚至连棉柴也丢。 杨大疙瘩气得找出冬日打兔子的双筒猎枪，拖着病腿在村口放了几枪，还骂了几句。 双根母亲会骂人，老人骂起来嘴边冒白沫子，兜着圈子骂，骂谁偷了玉米吃下会头顶生疮，会断子绝孙祖坟冒水。 杨双根和九月到街上拽她，别骂了娘。 老娘打他们的手，坐在街心伤心地哭起来，她哭说俺家种那些地容易吗？村里看热闹的人围了一层。 九月怕两位老人不放心，就让杨双根和九强在秋田里护秋。 杨双根背着那杆双筒猎枪巡夜，天亮方倦倦而归。 每天上午是杨双根的睡觉时间，杨双根舍不得大睡，抽空去村外联系卖桥的事。 几天下来，九月发现双根瘦去一圈，她审他干啥了，杨双根就是不说。 说啥，的确没个眉目呢，但他一直希望这块云彩下雨呢。

这天晚饭后，杨双根找着猎枪刚走，九月就倚着门框暗自垂泪。 眼瞅着膀大腰圆的汉子要毁了。 她知道双根做事认死理儿，是啥事折腾着双根呢，她抓拿不准，但有一点是明确的，双根想弄钱开荒地。 就他这样儿的能找来钱，贷款是没指望的。 有时她想将存入城市银行的钱取出来给双根用，又怕露了馅儿，还怕这愣头青拿钱打了水漂儿。 她正想着，看见兆田村长慢悠悠地进了院子。 兆田村长一见九月，就怀有深意地一努嘴儿。 她将兆田村长领到父亲的屋里。杨大疙瘩见到村长就诉屈，大村长，你可得给俺做主哇！ 这叫啥鸡巴年头，从村里到城里，人们应该更文明。 这可好，闹半天培养了一个个鸡和贼，兆田村长知道老人是骂城里打工还乡的人。 这时他看见九月的脸色难看，就纠正说，你老人家不能都骂着，你家九月不也从城里来的，谁不夸好哇。杨大疙瘩笑说，那是，俺不是骂自家人！ 九月这孩子更懂事啦！ 兆田村长说，俺在喇叭里广播几遍啦，谁再偷秋抓住送派出所，还要狠罚呢！ 杨大疙瘩心疼得直捶肋巴骨，连说俺家丢了不少庄稼哩！ 九月说双根和九强每天护秋呢。 兆田村长眼睛一亮，护秋好哇，那就让双根挨点累吧。 随后他就说出晚上登门的来意。 他说是来为乡里收划分土地款的。 杨大疙瘩越发一脸哭相了，这划分土地，还收俺们的款，俺地都丢了，还出这钱，又是向大户乱摊派吧。 兆田村长说，上头这么招呼，俺是没法子！ 不论丢田还是分田户都要出钱的。 九月问得多少，兆田村长说，按目前占有土地的百分比收，你们家得交三千多块钱。 杨大疙瘩猛地咳嗽起来，这不是欺负人嘛！ 瞧瞧，村长咱掏句良心话，俺是劳动模范，啥时耍过赖，要这划分土地款之前，你说收了多少杂费？ 计划生育费、地头税、教育费、农田设施维修费、村里待客费、铺路费，那些名目繁多的捐款还不算。 谁吃得消哇？ 兆田村长点头，唉，深化农村改革，越改法越多，越改税越多。这问题俺都向上反映过。 有几个真正替咱百姓说话，就说那次乡里收铺路费吧，说好各村收上钱就铺石渣路，这不，钱都交一年啦，大路还土啦光叽的呢。 杨大疙瘩作为重点户为铺路捐了两千块，他嘟囔说，俺听说乡政府把修路款挪用啦，买汽车啦。 没听百姓说吗，当官的一顿吃头牛，屁股底下坐栋楼。 兆田村长叹道，这年月你就见怪不怪吧，生气就一天也活不下去。 俺这夹板子气也早受够啦。 杨大疙瘩将老烟袋收起来，又骂，咱可是地道的贫下中农，苦大仇深，毛主席他老人家处处想着咱们。 眼下可好，农民阶级都没了，叫俺们村民，村长叫主任，听着咋那么别扭，土地政策变来变去，还有鸡巴啥主人翁责任感啊。 兆田村长不耐烦道，你别放怨气啦，上级已经意识到承包田调整太勤，造成农民短期行为，使土地恶性循环，这回重新划分之后，实行口粮田和承包田分离，谁要外出打工，只分给口粮田，回乡也不给承包田啦。 像你家再分到的承包田要三十年不变！杨大疙瘩说，口粮田和承包田分开好，不过，谁还信你这三十年不变，俺记得几年前你跟俺说十年不变的，结果咋样？兆田村长板了脸说，你这老家伙不能像孩子一样翻小肠呀，贾乡长说啦，道路是曲折的，前途是光明的。 杨大疙瘩撇着嘴说，快别提这贾乡长了，他那宝贝舅爷儿冯经理，去年卖给俺的假农药，可把俺坑苦啦！ 减产四五成呢。 九月听父亲说冯经理，就凑过来说，找冯经理索赔。 兆田村长说，九月别瞎掺和，你也不是不认识冯经理，庄户人家惹得起他吗？ 九月说不就是有个乡长姐夫嘛！ 兆田村长说，贾乡长原先是县委书记的秘书，上头也有人。 这年头反正有点背景的，都鸡巴硬气。 杨大疙瘩大骂，冯经理咋硬气，咱惹不起总还躲得起吧。 前几天这狗日的又找俺啦，说他们金河贸易公司今年也收棉花。 不是粮棉油统购统销嘛，他这也敢干？ 兆田村长说，他负责供销社的三产，可以打供销社的幌子呗！ 你答应啦？ 杨大疙瘩摇头，笑话，交给他算个啥？ 不交国家，俺这售粮大王是咋当的，况且今年政府也不打白条子啦。 兆田村长朝九月睒眼睛，九月就说到她屋里坐坐。 兆田村长站起身又叮嘱收划分土地费的事。 杨大疙瘩刚说完白条子，就想起去年乡里收大豆时给他一张整三千三百元的白条子，他从柜里翻出来，递给兆田村长说，这张白条子就还给乡里，对顶啦。 兆田村长愣着看白条子。 杨大疙瘩说那零头俺也不要啦。 兆田村长黑了脸说，这不合适吧，歪锅对歪灶，一码顶一码。 你这么对付俺，那秋后分地，可就三个菩萨烧两炷香，没你的份儿啦。 杨大疙瘩一听分地，他就蔫下来，收回白条子，将话也拿了回来。 兆田村长说准备准备钱，抬腿要往外走，杨大疙瘩忙说，别瞅俺是大户，其实是秋后的黄瓜棚空架子，双根他们结婚还没钱呢。 兆田村长笑说，别跟俺哭穷，你有钱，九月也是财神奶奶呢。 九月见兆田村长又该抓拿不住了，赶紧将兆田村长拽到自己屋里。

闻着九月屋里的香水味，兆田村长满脸的阴气就消散了。 九月为兆田村长倒水点烟，自从发生那件事以后，九月心里十分感激兆田村长。 刚才父亲无意中骂还乡女人做鸡，又是兆田村长给遮过去了，这些天她为双根魂不守舍的样子发愁，就想求兆田村长出主意。 九月话一出嘴，兆田村长就夸奖双根说，你可别小瞧了双根这孩子，不窝囊，有理想，而且没私心。 他跟俺说过想开荒地的事，俺跟他们组长们说，眼下村委会是逮住蛤蟆攥出尿，没钱，谁想开荒，各组想辙去，俺全力支持。 九月笑着骂，没钱你支持个蛋哪。兆田村长说，这个鸡巴穷村，又回来这么多张嘴吃饭，你让俺咋办，俺就是浑身是铁能碾几个钉？ 九月眼睛亮亮地说，想致富的路子呀，古语说无商不富，村里得上企业。 再说，开荒地也可以贷款干嘛。 兆田村长上下打量着九月，你说话像吹糖人似的，你借俺俩钱吧。 九月怯怯地说，俺在外没剩下钱。 那次公安局又罚了那么多。 兆田村长嘿嘿笑，别诳你叔俺啦，你和孙艳都趁钱。 他眨了眨眼睛，忽地想起什么来说，贷款开荒也是个法子。 不过人家信用社也奸啦，咱村欠他们的八万块还没还呢，他们还贷给咱？ 要是你和孙艳帮忙，将私款存入乡信用社以存放贷还是有戏的。 九月的心咚咚地往喉咙眼里跳，说俺和孙艳没那么多钱，但又说可以让城里朋友存款。 兆田村长说明睁眼露的事儿，你们怕露富俺也理解。 一来二去，这些事就敲定了，九月叮嘱村长贷来款多给杨双根第二小组一些。 兆田村长应着，又往九月身边凑了凑，九月闪一下身子很慌，移开目光看墙上的唢呐。 兆田村长好像有心事，又不知咋开口。 屋里一时很安静，屋外棚里老牛喷鼻声都能听到。 待了一会儿，兆田村长也将目光投向墙头的唢呐，久久才问九月啥时闹大婚礼。 九月说秋后婚礼也不想大闹啦，俺和双根旅行结婚。 兆田村长笑说，敢情也学城里人的洋玩意儿呢。 九月知道兆田村长心思跟这事儿不搭界，怕他动别的心思，就说双根护秋该回来吃夜饭啦。 兆田村长见九月拿话点他走，就又闷了一阵儿，憋得额头淌汗了，就十分为难地说，九月呀，俺有事要求你，不，是咱杨贵庄老少爷们儿求你办一件事。 九月喃喃说，有啥事，只要俺能办的就说。 兆田村长的话在舌尖转了一圈儿也没张嘴。 九月催他几遍，兆田村长才骂骂咧咧说，还不是为这鸡巴土地。 眼下俺掐算着，地忒紧张，简直他妈的没法分配。你不知道，冯经理那狗东西占着咱村八百亩地，说是围给台商建厂，围了两年也不给村里钱，俺要地他不给，就想求你帮忙啦。 九月愣了愣，眼白翻出个鄙夷说，让俺去找冯经理要地？ 俺要了他能给？ 兆田村长说，行，只要你出马准行。 那狗日的会给地的，其实那小子没钱建厂，那个台商吃喝他一通撂杆子了，他守着这片地，也跟娘们儿守寡一样难受呢。 九月问，既然这样，他为啥还撑着，兆田村长说，这狗东西想再从咱村榨出点油来呗，咱这穷村，可经不住他折腾啦。 九月很气愤，这臭老鼠屎能坏一锅汤的。 咱老百姓还是老实啊，不会告他个兔崽子！ 兆田村长摇头说，这招儿万万使不得。 九月呆坐着，一脸的晦气。 兆田村长说，俺这长辈人，实在说不出口哇，冯经理那小子看上你啦。 九月心里明镜似的，那天在村长家里打麻将，那小子就紧黏糊。 兆田村长说，那东西眼够贼，说孙艳长得太面，没你性感，说你有倾国倾城的貌。 说你就是咱杨贵庄的杨贵妃。 九月一生气，在城里时的脏词就上来了，就他那猪都不啃的地瓜脸，也想跟老娘打洞儿，兆田村长不明白"打洞儿"是啥意思，忙说冯经理不是想打你。 九月知道自己走了嘴，脸颊一片火热，说，大叔，俺和孙艳是在城里有过前科，可俺们也不是随便让人作践的人。 俺们回村，就是证明。 兆田村长慌了，忙说自己不是那意思，大叔从没小看你和孙艳。 大叔看得开，谁家锅底没点黑呢。 有黑抹掉就是啦。 九月心里很复杂，瞅了兆田村长一眼，耸动着肩膀哭泣起来。 兆田村长慌慌地站起身，说大叔不为难你，你要不愿意咱就哪说哪了。 他拔腿就要走，九月止住哭，喊住了他。 九月不敢抬头，怕碰上她跟双根的照片。 她喃喃地说，大叔，跟你老说心里话，俺既然回家了，就想当个好媳妇，当个好母亲，俺越发感到好人难当了。 俺今天也不怪你，你老为村里奔波委实不易呢。 兆田村长很感动，眼眶子抖抖的说不出话。 静了一会儿，他才说，冯经理那王八犊子可会装人呢。 是他找俺提的条件，俺都成啥人啦，哪像个村支书、村长，都成皮条客啦。 九月见兆田村长自责个没完，就抬起脸来说，大叔，为了夺回那八百亩地，虽说俺的处女膜恢复手术都做了，还是答应你这回，她多了个心眼，她知道孙艳回乡前花八百块钱做了处女膜恢复手术，她已将处女身子给了双根，就没这个必要了。 但她怕村长将来还纠缠，只能这样唬他。兆田村长满脸喜气，你说那个手术多少钱，回头再做一回，花销村委会给你报销。 九月说八百块，又说报销不报销没啥，但强调一点，请转告冯经理，俺只跟他睡一回，不拿他一分钱，只要他立马将地让出来。 兆田村长高兴不起来了，心里很难受，只想着将来分地时多划给她家一些来报偿了。九月侧棱着身子目送村长走了，扭头望天上的月牙儿，心里惦念着双根，更加觉得九月的日子很贱，也很沉重，想着想着眼睛就湿了。 转天晚上，兆田村长笑呵呵地来叫九月打麻将，九月就明白是怎么回事了。 她让兆田村长先在父亲屋里等着，自己换好衣裳，将过去用剩的避孕套、药水和手纸等杂七杂八的东西塞进小挎包里，末了坐在镜子前化了化妆。以往会男人她都十分认真地化妆的。 她不管面对的是怎样的男人，都希望自己以美好的形象出现，因为男人也付出了钱。 这一次的付出和获得又是什么呢？ 九月从镜子里看到自己苍白的脸，还有一双忧郁的大眼睛。 脸和眼睛很好看，真实而生动。 看着看着，就被水浸湿成一片黑土地。 印在平原上的脸不再苍白，变成红扑扑极鲜活的一张脸，分明是九月的秋风染就。

日子纯美如初。 日子混账透顶。

九月离家的晚上，田野很安静。 一层雾薄薄地弥漫着。杨双根和九强走累了，就坐在棉田与玉米地相交的田埂上歇息。 杨双根仰脸看雾里的月牙儿。 九强将马灯放在地头，照亮秋夜一大块地方。 九强嚷着要与杨双根下棋。 杨双根拿手指在地上画成方框，又摆好土坷垃说，咱先讲妥喽，你要是输了，就将你家那群鸽子给你姐作陪嫁。 九强点头说你输了呢，杨双根说给你这杆双筒猎枪。 九强欣喜地拍手，然后拿玉米叶儿当棋子。 半个钟头下来，九强就输了那群鸽子。 杨双根懒得再玩下去了，斜靠着棉柴垛打盹儿。 他让九强先回家休息，大秋假该结束了，九强得把作业赶写完准备上课。 九强走出老远，杨双根还吼着别忘了明天将鸽群赶过来，你姐就喜欢鸽子，特别喜欢白鸽子。 鸽子使他产生对九月的许多联想，诱他进入了甜蜜的梦乡。 棉柴垛很暖和，还有股子日头的气息。 他感觉这里比铁桥底下睡觉舒服。秋虫鸣叫着，有几只野兔溜着柴垛钻来蹦去。 他想睡一觉之后打两只兔子回去给父亲下酒，就迷糊着了。 如果不是夜半被尿憋醒，杨双根是不会碰上这个尴尬局面的。 他刚解开裤子，就听见柴垛后面有响动，扭头看见两个人影和一辆排子车。 杨双根知道是偷棉柴的，就吼了一声，提着双筒猎枪奔过去。 两人掉头就跑，杨双根几步就追上去，堵住了偷柴人。 月光下他认出是村里小木匠云舟的媳妇田凤兰和女儿小玉。 田凤兰见杨双根举着枪，吓得哆嗦着跪下求情。 杨双根知道她们是瞧见九强刚回了家才敢来偷棉柴的。 田凤兰一把鼻涕一把眼泪地说，云舟和你是同学，看在老同学的分上就饶过俺娘儿俩吧。 云舟在城里学坏了，赌钱，赌光了就去找包工头要工钱，被人打瘸了。 俺们回到乡里没有钱买过冬的煤，他又瘸着，俺娘儿俩就人穷志短啦。 杨双根眼里闪着骇光，腮上的肉突突地抖着。 他上去扶田凤兰和小玉站起来，没说话，就急着转到附近的棒子地里撒尿，他实在憋不住了。 田凤兰好像看出什么，让小玉拖空排子车在路头等，自己整理头发，又拍拍身上的土，追着杨双根进了棒子地。她看见杨双根正系裤带，怯怯地凑过来，一把拖住杨双根说，双根，俺同意跟你来一回，只求你放过俺娘儿俩。 杨双根吓得说不出话来。 田凤兰说完就松开杨双根，很麻利地解开裤子，撅着白白的屁股拱他。 杨双根马上意识到她误解了，就闷闷地吼，臭娘们儿，快系好裤子，你把俺看成啥人啦。 田凤兰乖乖系好裤子听候杨双根发落。 杨双根将田凤兰领到棉柴垛，又喊小玉将排子车推过来，他帮着装了满满一车棉柴。 杨双根说，拉回家用吧，不够，俺改天送一大车过去。 别黑灯瞎火地来啦，一车棉柴丢了脸皮值吗？ 田凤兰满口谢着就由泪蒙住了眼。 杨双根问她是哪个村民小组的，田凤兰哽咽着，哪个组肯要俺们这累赘，村长让俺们待分配呢。 杨双根笑说，就进俺们第二组吧，俺找村长说，往后有啥为难遭窄的就找俺双根。 田凤兰母女谢了又谢拉着棉柴走了。 第二天中午，杨双根又用牛车给她家送去两车棉柴。 田凤兰同着瘸子云舟说，你瞧双根，在家种田不也混得挺好吗？ 咱这外出打工，孩子上学误了，钱也没赚来，倒落这么个灾，说着就呜呜哭起来。 杨双根听着心里受用，觉得自己行了真的行了。 心想，等俺卖了铁桥开了荒地，你们还会重新认识俺杨双根的。

九月走在街上，分辨不出投向她的各种目光是啥意思。她不愿去猜测，因为她刚干了一件自己都无法解释的事情。当她早上从冯经理的汽车走到村口时，感觉很轻松。 她将那张八百亩的土地契约交给兆田村长时，心情就更好起来。 过去在城里拿肉体换钱，时常感到一种罪恶的话，眼下就莫名地消除了这种不安。 她要求兆田村长带她去那八百亩土地上看一看。 兆田村长带她去了，她走在那片没有播种的土地上，看见了疯长的藤草，还有刚刚枯黄的酸枣棵、白虎菜和双喜花。 她站在蓬蓬乱草间，不知往哪里下脚。 酸枣棵里的倒刺紧紧地钩住她的裤脚，她慢慢蹲下身来摘掉酸枣藤，却看见一朵还没凋落的双喜花。 白白的双喜花哩。 九月轻轻将它掐下来捧回家里，插在镜框上。 双喜花又小又普通，没几日就干巴了，险些被拾掇屋子的双根娘扔出去。 九月就将干花夹在一本书里，一本从城里带回来的书。 孙艳过来看九月，她不知道九月姐为啥心气那么平和，脸也灼灼放光了。 这是在城里她从没有过的气色。 孙艳问她用啥好化妆品啦。 九月微笑着不吭声。 孙艳问紧了，她说到家乡的田园里走走，就是咱还乡女人最好的化妆品。 孙艳茫然不解，别诓人啦九月姐。 九月想起一桩事来，就跟孙艳商量将城里存款挪回一部分，存入乡信用社，以存放贷为村里开荒。 孙艳笑说，俺越来越发现九月姐像个村长啦。 是不是跟双根哥在一起觉悟提高啦？ 九月骂，死丫头，说痛快话，愿意不愿意。 孙艳沉了脸说，听俺爹说，咱乡太穷啦，存款的都支不出来。 九月说，信用社不比农业合作基金会，是国家的，你爹说的是基金会。 孙艳问那利息咋样，九月笑说，鬼丫头够精的，利息跟城里一样。 俺想呀咱那钱存哪儿都是存，不如帮咱村里办点实事，在这穷村里过，咱脸上也不光彩哩。 咱村上都富了，就不用去城里打工受罪啦。 俺们都要结婚了，生了孩子，有出息的，在外上大学做官，没出息呢，也有自己的土地。 九月说得孙艳挺伤感。 孙艳说，别说啦，九月姐，俺听你的。 九月搂着孙艳很开心地笑起来。 当天下午，九月和孙艳悄悄去城里移回了十万元存款。 办妥存款，九月就告诉兆田村长，说她让城里朋友在咱乡信用社存入十万元，现将存折质押贷款。 兆田村长接过存折看了看，储户署名李宝柱，就哈哈笑起来。 他逗九月说，啥时咱村请这个李宝柱喝酒哇。 九月�’起嘴巴说，人家不知道是质押贷款，你要给保密的。 兆田村长说，好，不跟你逗啦，要是走漏一点风声，你拿俺是问！ 九月又叮嘱村长一遍，多给杨双根的第二小组拨些贷款。 兆田村长满口应着。 九月一走，冯经理的伏尔加汽车就堵在兆田村长家门口。 冯经理急三火四地下车，进屋就嚷嚷着承包开荒工程。　兆田村长不知道冯经理从哪透来的消息，后来一想，他跟贾乡长汇报了，还跟贾乡长夸了一番九月。　冯经理笑嘻嘻地说，俺能调来五辆大型抓车，包你满意，保质保量。　兆田村长很恼冯经理，又不好闹僵，只是胡乱应付说，没钱开荒，眼下八字还没一撇呢。　冯经理说，别唬俺啦，信用社的刘主任都告诉俺啦！　别不够哥们儿，俺拿下工程，给你高回扣的。　兆田村长瞪了冯经理一眼骂，混账，你知道贷款从哪儿来的吗？　俺拿这昧良心钱，这张老脸真得割下来喂狗吃啦。　冯经理被骂愣了，哼了一声，悻悻地走了。　兆田村长瞅着冯经理的影子，又嘟嚷着骂一句啃骨头的狗。　后来一静心，想想杨贵庄在乡里的处境，心里又鼓鼓涌涌不安生了。　下午九月和杨双根一起来看兆田村长。　杨双根听九月说村里有钱开荒了，高兴得扭歪了脸。虽说不是他弄来的钱，可终归能开垦荒地，组里就不会闹地荒，家中的承包田也能保住。　这鸡巴桥委实不好卖，折腾来折腾去的，仍是空欢喜。　这桥怕是远水不解近渴了，但他不死心，日子无尽，慢慢来吧。　兆田村长说，咱乡里要在冬天大搞农田基本建设。　各村都闹地荒，乡里号召咱多开荒地。双根哪，你们第二小组得带个好头，把流动锦旗夺到手。　杨双根憨笑说，俺会拼一场的，俺早想好了，这蜜月得到北大洼上度过喽。　九月瞪他，这傻样儿的。　兆田村长就笑。　杨双根说，得拿钱哩，这年头可不比学大寨那阵儿，旗杆一插就干活儿。　开荒地可累，给打白条子没人干的。　九月笑说，没有钱，也许就俺们这位缺心眼儿的傻干。 兆田村长说，双根可不缺心眼，小伙子是大智若愚呢。 九月也愿听别人夸双根，看着双根不再神神怪怪的，眼里便有了喜欢的人影儿。 双根和九月一走，兆田村长就想起被他骂走的冯经理，忙着将冯经理呼过来，晚上在家里摆了一桌。 冯经理喝酒就念叨九月，村长就派人去她家里叫，那人回到村长家说，九月全家都在地里收秋。 兆田村长看着天都黑黑的了，叹道，这阵是庄稼人最累的季节，这售粮大户本是不好当的。 冯经理已经喝糊涂了，就没再追问九月为啥没来。

晚秋的日头还是很毒的，想熬干这平原的河流、庄稼的汁液和种田人的精血。 灿烂的日子照花了眼睛，身体和记忆被蒸烤着。 杨双根一下子想不起是啥地方。 动一下脖子就疼，又动一下，侧过脸搂住女人的身子，他腰又酸了。 睁眼，才知道是在炕头上睡觉。 他发现九月睡得很香。 他知道九月也累哗啦了，睡觉的姿势就很丑，两条白白的大腿都扭成了麻花。 杨双根望着她露在薄被外面的白腿，一点心思都没有。 好几天他都没挨她了，她也从不碰他。 熬过这累人的秋天，日子就会轻闲起来。 一想到分地和开荒，杨双根觉得自己不会有轻闲之日了。 傍天亮儿，杨双根觉得九月软软的手在摸他，摸他最值钱的部位，他也没哼一哼动一动。父亲蹶跶蹶跶地走到窗前叫他们下田收秋。 其实在这之前，父亲已经像地主周扒皮一样，将鸡笼里的鸡放出来打鸣。 九月就是被鸡叫惊醒的。 九月将杨双根喊起来，刚洗漱穿戴好，兆田村长就慌慌地喊九月。 兆田村长说贷款开荒的事砸了。 九月惊直了眼。 兆田村长说着就将九月拉到屋外悄声告诉她，乡信用社真他妈不讲信用，原说好好的，可他们将咱新贷的款子顶以前的贷款了。 就是说咱村欠他们八万，这回贷的十万，只能支出二万元开荒。 这仨瓜俩枣的管蛋用，九月明白了，是信用社搞鬼呢。 又一想，谁让咱村欠人家钱呢，这不争气的穷村呀，你还有救吗？ 兆田村长见九月不语，心更慌乱，他只有向九月讨主意了。 九月怕兆田村长破罐子破摔就说去乡里找信用社头头说情，早知这样，城里的存款还不往乡下转呢。 九月和兆田村长急匆匆地走了。 杨双根隔着墙头听见他们说话了，开荒贷款泡汤了。 杨双根很泄气地愣了半天，骂，这鸡巴年头，当官不难，发财不难，骗人不难，学坏不难，就他妈咱老百姓干点正事儿难！ 父亲杨大疙瘩说，九月走了，你还愣着嚼蛆，快下地做活儿。 杨双根跟父亲说了实情。 杨大疙瘩叹一声，说别指望啥新政策了，丢了地更省心。 杨双根瞅着父亲枯树根似的蹲着，知道他说的不是心里话。 丢了地，怕是他的魂儿也丢了，地里常有丢魂儿的事。

　　人到了没指望的时候就异想天开。 杨双根将最后一捆豆秧装上牛车，又扭头朝那架铁桥张望了很久。 他又不甘心了。 人在机遇面前不能装熊了，也许过了这村就没这个店了。 他从牛车上跳下来，笨拙拙地爬上铁桥，掏出腰间的皮尺又量了一番，然后掐指数数，按上次与王秃子废铁价格算，这铁桥得值十四万，开荒满够用了。 他赶着牛车拐了下道，忽然看见桥头有几个人影晃动，心里就更着急了。 他想再找一回王秃子，如果王秃子不干，就让他给介绍一位。 他压根就没指望收破烂的王秃子这块云彩撒尿。 傍晚杨双根又去找王秃子。 王秃子眨巴着圆眼想了想，说帮他找一位城里收废铁的，成事了就提点劳务费，不成也求杨双根别露他。杨双根骂他咋变得跟老娘们儿似的，就拽着他连夜赶到城里。 城东红星轧钢厂厂长的兄弟韩少军开了个公司，专收各种废铁烂钢，为城东红星轧钢厂供货。 杨双根由王秃子引荐，认识了韩少军总经理。 韩少军穿一身高档服装，小头儿吹得很亮，说话时大哥大响个不停，接一阵儿电话，问一会儿铁桥。 杨双根手里摆弄着韩少军的名片，看见"太平洋贸易公司总经理"几个字，他就感觉这回十有八九能行。 韩少军听杨双根将铁桥的事说一遍，就又将王秃子叫到僻静处问，你狗日的别诓我，这铁桥真归这姓杨的小子管？ 王秃子说，桥在他们组的地面儿上，桥占地多年拖欠占地费，就拿废桥顶啦！ 瞅他对铁桥的上心劲儿，他看得比老婆都紧，没错儿。 韩少军又说，那得有煤矿或铁路的转让信，加盖业务专用章。 这样我他妈不放心，即使这阵儿没事儿，将来出啥闪失，不行。 王秃子说，杨双根是为集体开荒卖桥，你怕啥，盖章也没问题的。 韩老板咋变成老鼠胆儿啦？ 是不是金屋藏娇啦？ 韩少军瞪着王秃子骂，别他妈瞎逗咕，说正经的，我们公司不做，引荐给东北的一伙倒废铁的朋友，咋样？过两天，我就让他们找你们看货交钱，不过，转让信得有哇，别让我坐蜡。你小子敢骗我，小心你的秃瓢儿。王秃子嘻嘻笑，俺叫你见杨双根了，这可是俺们那片的大老实人哪，他家是售粮大户，肥着哪。王秃子把情况跟杨双根一说就去找旅店了。杨双根半喜半忧，喜的是铁桥找着了婆家，忧的是转让信和业务章到哪儿去盖。矿务局和铁路分局都不承认是自己的桥。到了小旅店里住下，杨双根还为这事发愁。这时王秃子从外面领来个"鸡"，让杨双根痛快玩玩儿。杨双根头一回见这场面，怯怯地推托说，俺有九月，俺跟九月就要举行婚礼啦，不能对不起她。王秃子一边伸手揉着小姐的胸脯儿一边说，就你这傻蛋，还为女人守节，还不知你那九月给你戴了几层绿帽子呢。杨双根怒了脸骂，你再他妈胡咧咧，揍你个秃驴！九月可不是那样的人。王秃子连连告饶说，好好，你眼不见为净更好！不过，你可记着，从城里打工回去的乡下姑娘，有几个还原装回去？嘿嘿嘿。杨双根骂你他妈狗嘴里吐不出象牙。王秃子说，双根你去门口给俺看着点，俺可不客气啦。说着就拉小姐上床。小姐一扭身一撒娇说，你先给钱。王秃子笑着骂，臭婊子，俺是乡下人，你也是乡下人，咱都是公社好社员，优惠点嘛。小姐笑说，今年大米都涨到两块钱一斤啦，乡下人肥呢。杨双根看见王秃子和小姐推推搡搡的样子，觉得晦气，快快地走出房间，他怕公安局来人抓到王秃子罚款，也不敢走远。这王秃子玩"鸡"或罚款都得他支付。杨双根蹲到门口，听着王秃子屋里的响动。 对面厕所吹过来的臭气，熏得他脑仁儿疼。 后来又凉了，不知不觉就伤风了。 王秃子又犯了没完没了的驴劲儿，挺到后半夜三点钟才放那小姐走了。 杨双根坐在地上睡着了，梦里的他像是在护秋，周围是一片寂静的田野。 田野里飞舞着无数妖冶的红蛾子。

三天后的一个下午，一场雷阵雨刚过。 杨家门口的歪脖柳被雷劈落两股树杈。 这歪脖柳是杨家祖传下来的古树。父亲和杨双根望着劈散的老树发呆。 树杈上筑巢多年的老鸹窝也连锅端了。 树杈落下来的时候，还砸碎门楼的几块脊瓦。 父亲指挥着家人收拾残局，嘟囔说，怕是咱杨家有妖了，这落地雷是专收妖魔鬼怪的。 九月在一旁听着脸都白了。 杨双根一边拽树杈一边说，爹，咱家都是本分人，哪有啥妖哇。 母亲也说雷劈树杈的事常有的。 杨双根发现九月脸色难看，仰脸就看见灰老鸹呱呱叫着，围着树冠划出弧线。 叫声一直传到村子深处。 杨双根说老鸹找不到家了，只好到外地打工去喽。 多可怜的老鸹，村人都还乡了，这本是你的家，还得往外奔。 杨双根独自乱想一气，就见王秃子的铁路大盖帽从墙头冒出来。 王秃子怕杨大疙瘩骂他，就趴墙头上晃帽子。 杨双根眼下十分崇拜王秃子，别看他吃喝嫖赌的，办事能力却不差。 王秃子剜窟窿打洞从矿务局三产弄来了盖业务章的转让信，信是空白的，委托内容是杨双根添上去的。 矿务局三产的一位副经理是王秃子的表兄，王秃子叮嘱杨双根说，俺可是一手托两家，那头章不是白盖的，得交人家公司一万元手续费。 杨双根爽快地答应了。 王秃子说他没告诉表兄桥的事。

杨双根理直气壮了，告诉他们也白搭，他们不承认有这座桥。 这桥是俺们小组的，也是俺杨贵庄的，盖那戳子是给客人看的，省得狗咬狗一嘴毛。 杨双根知道王秃子是给鼻子上脸的主儿，他是真想吃一嘴了，吃就吃吧，反正这全是无本生意，最终占了便宜的还是杨贵庄人。 杨双根看见墙外的秃头就欢喜，放下手中的树杈子，带着满脸的兴致跑出去。王秃子告诉他太平洋贸易公司的韩总经理的客人到啦。 杨双根问人呢，王秃子笑骂，你小子一努嘴儿，俺他妈跑断腿儿。 这群东北老客在俺家避雨，中午搭了一顿饭，还让俺老婆陪他们玩麻将。 都他妈一群色鬼，俺老婆的屁股蛋都让王八蛋们捅肿啦。 杨双根听着好笑，王秃子的老婆丑得闹心，还有捅她的，他听出王秃子是诓钱。 杨双根说，只要拍板成交，亏不了你的。 王秃子说俺老婆直接带客人去铁桥了。杨双根眼一亮，他们带钱没有，王秃子怀有深意地一努嘴儿说，带啦，你说能不带钱吗？ 杨双根回屋带上皮尺和写满数据的小本子，就牵着牛去铁桥了。

雨水洗过的铁桥很好看，浮在上面的灰尘和蛛网被大雨冲掉了。 躲雨的鸟们被来人吓飞了。 杨双根站在桥上望天，天上竟有一弯彩虹。 看远处的小村，小得像一段驼黄色的绳头。 也许就是这段不起眼的绳头支撑着他，使他有了底气，很严肃地跟这群人讨价还价。 客人当中领头的是个大胡子。 他也拿出名片给杨双根看。 杨双根发现大胡子的头衔实在，是辽宁的一家金属公司。 他觉着这回是抱着猪头找到庙门了。 大胡子围桥绕了三圈儿，大掌不停地揉着那几根毛说，如果我方负责拆桥，只能是十一万，不能再多啦。 杨双根要价十四万是有理由的。 他那小本子都算烂了。 王秃子又凑上来，一手托两家，拿出十二万五千元的折中价儿。 双方闷了一会儿就拍了。 然后在王秃子的驴背上签合同。 大胡子从皮包里摸出红戳子盖上去，杨双根哆嗦着签了字，又扭头朝那驼黄色的绳头张望。 望见那棵被雷击伤的老树，也望见轻轻浮动的炊烟了。 他心里说，杨贵庄哩，俺这一番苦心终于有了报偿。 爹哩九月哩，你们压根儿就不了解杨双根。 想着想着鼻头就酸了。 大胡子观察着杨双根的表情，怎么也看不懂他的心思。 他先交给杨双根三万五千元现款做预付款，说四天后拆完桥交齐那些款，并请求杨双根盯着拆桥作业。 杨双根见王秃子凑过来吃蹭饭儿，就拿出一万五千元钱给他，说那一万是他表兄盖章的手续费。 王秃子躲在桥下的草棵子里数钱，杨双根让他打条子。 王秃子说咱俩谁跟谁，还用得着这个，杨双根冷了脸说，这他妈是公款，都弄完了，俺要如数交给兆田村长。 王秃子撇嘴说，你这傻蛋不留点，杨双根说那就看村长怎么奖赏啦。 啥事都说破，这情分就浅了薄了。 王秃子说，俺一上学就赶上学雷锋，今儿个才知道雷锋还活着，你让俺学你吧。 然后就讥笑。 杨双根骂，玩你妈个蛋。 王秃子说，有你小子后悔那天。 你知道兆田村长吗，他妈的是人窝子里滚出来的人精，钱交他，他敢胡吃海喝造光的。 杨双根倔倔地说，俺们村长不比你们村长，他会拿这钱开荒种地的。 为了开荒，也够难为他和九月的了。 王秃子附和说，也许吧，你们村穷。 一般穷地方都出好干部。 杨双根硬逼王秃子打了条子。 王秃子声明说这可他妈不是交公粮的白条子，不会再兑现的啦。 杨双根骂，美得你屁眼朝天。 随后就冲着晚秋的田野笑起来。 一连几天，杨双根都很快活，他在拆桥工地晃，心叹大胡子雇的这拨人够能干的，电割机的火花昼夜闪跳，很像荒野里溅落的星子。 来往的行人称赞说，还是上级领导体恤咱农民，知道咱地少了，急着赶着给咱腾地方呢。 杨双根听着从心底往外舒服，心里说没俺杨双根奔波，拆这桥还不知要拖到猴年马月呢。 随后他看见一群看热闹的孩子，孩子们像兔子似的蹦来蹦去，还欣喜地拍手唱歌谣：乡巴佬看花轿，傻姑爷得不着……

　　烦恼来得不够顺理成章。 杨双根在拆桥的最后两天顶不住了，父亲和九月以为他在桥头凑热闹，拉他回家装车送棉花。 杨双根将王秃子派到拆装工地，自己跟家人庆丰收来了。 杨家的棉花收成最好，风调雨顺，掐尖打杈及时，而且没碰上假农药。 父亲母亲笑着脸让九月唱支歌，一会儿又让杨双根吹阵子唢呐。 杨双根没想到九月的歌唱得那么好，问她在城里打工是不是整天唱歌。 九月说城里人都爱唱流行歌曲。 杨双根说那屌歌软棉花似的，趴着屌屎没劲的。 然后就鼓起腮帮子吹唢呐。 他努力回想往年丰收吹唢呐的情形，但那些内容总是模糊不清。 今年有九月陪伴，他可以完完全全地陶醉过去。 他眯眼吹着，鼻头下一条清水鼻涕，一闪一闪亮着。 唢呐声招引来那么多看热闹的村人。 他们不是来听唢呐的，他们是望着那一排排的棉车愣神儿。 九月数了数，整有八辆装满籽棉的马车。 车是雇来的，棉花是自己的，将来哗哗响的票子也是自己的。 村人的眼更红了，红得滴血的眼睛曾经被城市的风吹拂。 杨大疙瘩坐在头车上，笑着朝路边的乡亲们作揖，作着作着就觉得不对劲儿了。 村人的眼睛堆起仇恨，使杨大疙瘩想起一句古语，一家饱暖千家恨呢。 想想本是杨家最后的风光，就蔫下来，觉得胸部阵阵发紧。 九月是押的中间那套棉车。 她望着长长的棉车队朝乡收棉站进发，觉得做大户是很过瘾的。 当她望见那赤裸的原野，湿润甘甜的胸腔漾着波浪。 她在想一个问题，那笔"以存放贷"的开荒款终究没能拿下来。 兆田村长说只要将工程活儿给了冯经理，款就会下来，兴许是这狗东西做手脚了。 九月的口封得死死的，宁可鸡飞蛋打也不给冯经理低头。 她跟他低过一次头，她只跟男人低一回头，开始就是结束，这是九月的性格。 兆田村长说看不透九月这孩子，再也看不透了。 九月悠在棉垛上，天也跟着晃悠，如果拿自己银行里的脏钱开荒，还能叫它处女地吗？ 这样的土地能打苗吗？ 收获的棉花还是这样洁白吗？ 这些问题使九月几乎泪下，甚至觉得有些不可思议了。 杨双根押着最后一辆棉车。

他与车把式轻松地说笑。　丰收是乐事，他不理解父亲和九月为啥是这副样子。　人无须看多深多远，只管眼皮底下的日子吧。　快到乡收棉站的时候，他的心思跟这儿也不搭界了。　桥，他能从这桥上走过去吗？　他想是板上钉钉的事。　交完棉花，他要给村人一个惊喜，然后跟兆田村长一起设计开荒方案。　九月，你做梦也算计不到俺双根吧？　爹哩，种田大户还是咱杨家的。　可是脑顶上低低的云朵，压得他喘不上气来。　头顶这方天，活像一块破尿布，说不定是啥时辰就会憋一场骚雨。

　　交棉途中，杨大疙瘩发现冯经理手下人拦车，让交到冯经理的第二收棉点上去。　杨大疙瘩一听就知道冯经理打着公家的幌子赚自己的钱，全乡人都知道冯经理个人承包的公司。　杨大疙瘩停住车，见九月和杨双根都奔过来，跟他们一商量，就合了老人的心意。　他们一致拒绝将棉花交到第二收棉点上去。　于是棉车队又缓缓行进了。　到了乡第一收棉点，杨大疙瘩看见棉车的一蛇长阵渐渐松散。　他跟棉农们打招呼。　有些棉车调头往外走，杨大疙瘩问是不是又打白条子了，一个棉农说，今年倒是现钱，可他们把价压得太低。　这上好的籽棉，竟给压三级棉，杨大疙瘩下车摸摸那人的棉花，骂道，这么好的棉花交三级，真他妈黑呀，从互助组到初级社，从生产队到包田到户，也没这么压价的。　他瞅瞅自己的棉花也发慌了。　杨大疙瘩又问调头去哪儿交棉，那人说第二收棉点比这高一些，九月脑子快，她说怕是冯经理从中作梗了。 杨大疙瘩骂这他妈还有没有王法啦？ 粮棉油统购统销，为啥还要设第二收棉点儿。 那人说第二收棉点也是供销社的。 杨大疙瘩愤然道，也是挂羊头卖狗肉。 他让九月和杨双根守着棉车，他穿过热闹的人群，到一里地外的第二收棉点转了转。 这里的棉价比第一收棉点虽然好一些，仍不遂他心愿。 他看见有些棉农托关系递条子塞红包，找质检员溜须，拿自己热面孔亲人家冷屁股，他很难受。 另外他发现这里交棉的没有大户，都是零散的小车小包，后来碰上东刘庄的售粮大王吕建国。 吕建国说他的棉花在乡里压低价，一生气夜里悄悄交到外乡去了，又说哪儿的风气都不正，总归比咱乡里强。 唉，往年打白条子没这么压级，该见着钱了，又都他妈刁难咱！ 杨大疙瘩呆了半晌，叹说，那样会少受损失，可就当不上售棉大王啦。 吕建国丧气地说，这鸡巴年头，你还想名利双收，哪有刀切豆腐两面光的。 杨大疙瘩说，年初粮棉油规划会上，咱可都是向乡政府表了决心的，做了保证的。 吕建国骂，你跟政府做保证，谁跟你做保证，就说承包土地的事儿，村里打工的一还乡，原来的计划就全乱啦。 杨大疙瘩问你们村也重新承包吗？ 吕建国说，村干部没明着跟俺说，看样子也使坏招子挤对俺，提高承包费让你自己种不下去，乖乖地将土地交出来。 杨大疙瘩心想，看来难受的种田大户不只俺一家。 他看吕建国七股八岔越说越离题儿，就快快地回到第一收棉点。 他不想跟吕建国学，也不想将棉花送到第二收棉点，只盼着这里的验质员公正些。

即使自家受些损失，也还得瘦狗屙硬屎强挺着。 人生在世啥金贵，人活名儿鸟儿活声儿，这个售棉大王的称号还想当下去。 他将意见跟杨双根和九月说了说，一家人就守着棉车等。 中午了，他们与车把式们一同吃的盒饭。 等到下午五点钟，才排到他们这里。 杨大疙瘩率先抓着一团籽棉，同着验质员撕碎，围观的人都夸绒长好。 验质员却毫不思索地写下三级。 杨大疙瘩脸都白了，恨不得给验质员磕头了，这是地道的一级棉啊。 哪怕你给二级俺也认啦。 验质员说你别王婆卖瓜自卖自夸啦。 杨双根和九月也上来说理，验质员说你们想吃人啊，再闹算你们干扰公务罪蹲局子。 杨大疙瘩骂，你是瞎了眼，还是瞎了心，俺们种田的容易吗？ 验质员和保安人员都上来说，你们不易也不能坑国家呀。 杨双根和九月上去评理，被杨大疙瘩拦住了。 杨大疙瘩脸相很苦，蹲在地上吸烟，越发一脸哭腔地说，俺一家勤勤恳恳种地，老老实实做人，到头来成了坑害国家的人啦，他将手里的验质单撕碎，站起身牵着马车往回走。 验质员说第二收棉点也不赖嘛。 九月从这话里证实冯经理在这里安插自己人了。 杨双根问父亲，难道咱就去求冯经理？ 杨大疙瘩倔倔地说，咱不坑国家啦，咱不当狗屁大王啦，咱去四远乡交棉。 杨双根说那里保准不欺人吗？ 俺听吕建国说那里公道。 九月说，对，宁可交外乡也不跟姓冯的低头。 杨大疙瘩带领棉车队在黄昏时分出发。 走到黄沽村北的小饭店，杨大疙瘩招呼所有人吃饭，自己在暗处守着棉车。 他吃气都吃饱了，也不想吃饭，从饭店拿了一瓶二锅头独自喝着，几口就干了一瓶酒，眼睛蒙眬起来。 他喝酒不醉，醉了也不吐不倒。 等人们都从饭店出来，他就爬上棉车想眯一会儿，他让杨双根多留神路上动静。 他听说乡里怕棉花外流，从各村抽调了不少干部，沿乡里各路口设卡，堵截去外乡交棉。 听吕建国说夜里出乡没有问题。 谁知他眼皮还没合上，前面的路就被人堵上了，几个胳膊戴袖套的家伙晃着手电嚷，停车停车。 杨大疙瘩心头一紧，醉迷呵眼地溜下棉车。 几个人过来说不能到外乡交棉，乡政府明文规定。 杨大疙瘩雷公似的一脸怒容，咱乡里太黑啦，这都是逼的。 那几个人不理他，说快回村，还要罚款的。 还有人认识杨大疙瘩，说你这售粮大王的觉悟呢，杨大疙瘩用烟熏酒腌的粗哑嗓门说，你们让俺过去，别往死路上逼俺。 那些人挺横，说你甭想过去。 杨大疙瘩觉得一兜儿气冲头，脸古怪地扭皱着，蹲到地上抱头哭了，呜呜的，像个老妇人。 杨双根和九月劝他，老人抡了抡胳膊，掏出打火机，点着了第一车棉花，嘴里骂俺的棉花是后娘养的，俺烧光个的蛋的总可以吧。 他又要烧第二车，被众人抱住了。 车把式忙将马引开，人们七手八脚地扑火。 火苗子在夜里格外显眼。 截车的人呆住了。 九月在家的温顺劲儿全然消尽，凶得像一只母老虎，骂杨大疙瘩老糊涂了，就是烧，也要拉到乡政府门口去烧。 她指挥着车往回赶。 七车棉花和那辆烧焦的马车行进在乡路上。 一路上都默默的，谁也没有一句话。 棉车堵在乡政府门口的时候，已经是夜里九点钟了。 贾乡长不敢露头，派乡政府办公室齐主任来劝说。九月不依，杨大疙瘩更不依。 九月嚷着要见贾乡长，是他的舅爷儿将俺逼到这份儿上。 贾乡长刚刚从县里回来，不摸头脑，听说是杨贵庄售粮大户杨大疙瘩一家闹事，就打电话将兆田村长叫来。 兆田村长也劝不回去，引来好多人围观。九月说有人看见曹乡长回来啦，躲着不见人。 他再不出来，俺就带车去县政府门口闹。 咱老百姓还有活路吗？ 这些话传到楼上去，贾乡长坐不住了，将杨大疙瘩一家和兆田村长叫到办公室。 贾乡长前前后后听九月一说，当下就将供销社主任和冯经理叫来，当场没鼻子没脸地骂一顿，谁他妈叫你们设两个收棉点的，谁叫你们压价压级，供销社主任上楼时顺便抓了一把棉花，在灯下看了看，说这棉花够一级的，这鸡巴验质员胡来，回头俺撤了他。 冯经理刚进来时嘴巴硬，一见是九月，就蔫下来，悄悄捅九月，早知是你家的棉花就不会有这场了，你咋不直接找俺。 九月没理他。 贾乡长真的急了眼，咱们乡的棉花被挤到四远乡去，咱乡完不成收棉任务，县里怪罪下来，谁担得起这个责任。 再说，老百姓辛辛苦苦种的棉花容易吗？ 他说着责令供销社主任收棉，而且补偿那烧掉了的一车棉花。 杨大疙瘩听着很解气，瞪了冯经理一眼才下楼招呼送棉花，杨双根也跟下来。 贾乡长留兆田村长和九月多谈一会儿。 他刚才从九月的怨气里看出点什么。 他们谈了半天村里的事情。 冯经理见杨双根父子走了，就赖在楼梯口等九月。 九月和兆田村长下楼时，冯经理凑上来说用汽车送他俩回村里。 九月故意拿手捏兆田村长。兆田村长对冯经理说，你姐夫可是挺赏识九月的，说俺太老实挺不起门户来，想提拔九月做村长呢。 冯经理问那你老家伙就退位啦？ 兆田村长说，俺当支书，日后你小子在九月面前可得自重呢。 冯经理凑九月身后笑说，九月，你咋老躲着俺？ 俺可是真心对你好哇。 俺没别的指望，你拿俺当你一个朋友准行吧。 九月没说话，脸冷得像块冰坨子，怕是拿心拿血都暖不过来。

趁着早晨的弥天大雾，杨双根骑着自行车去田野里看铁桥。 哪里还有铁桥，铁桥被拆掉了，两段土坎子中间是凹坑。 坑沿儿只有零零散散的碎铁碴儿，一些无处藏身的鸟儿在那里乱飞。 杨双根愣了愣，埋怨大胡子不打声招呼就吹灯拔蜡走了，拖欠的九万块钱还没给呢。 杨双根气不打一处来，直接骑车去邻村找王秃子。 王秃子大白天还偎在被窝里，屋里酒气熏天。 王秃子见到杨双根就诉苦，大胡子他们真他妈损，在工地上往死里灌俺酒，喝得俺跟死狗似的，睁眼就不见人啦，铁架子都拉走啦。 要不是俺老婆去工地找俺，俺就他妈没命啦，回家就吐血。 杨双根恨恨地说，大胡子也他妈太不够意思啦，咱们去找他。 王秃子说先给沈阳拨电话，俺猜想他们也不会把废铁运回东北，很可能就地卖给关内的轧钢厂。 说着他就按大胡子的名片拨了电话。 金属回收公司的人说没有大胡子这个人。 杨双根一听就慌了，当下腿一软，莫不是一个骗局，王秃子也骂韩少军给介绍这么一位不托底的买主。 第二天，杨双根和王秃子去县城找韩少军。 韩少军将他们俩骂回来了，韩少军说俺这做媒人的还管生孩子，俺后来就没见过大胡子。 杨双根也不知这幕后的勾当，哀求韩少军给找找大胡子。 韩少军说，听王秃子说你老婆九月长得不错，弄来陪俺一宿就帮这个忙。 杨双根恨不得将韩少军的脸蛋子扇歪了，气呼呼地回了村。 杨双根没心思进家，独自坐在铁桥遗址发呆，看看桥下的大坑，像个深潭一样吓人。 他又看看手里的盖有红戳子的合同书，就觉心里一阵疼。 他双手抱住头，胡乱地揪扯着自己的头发哭了。

哭了一会儿，杨双根觉得窝囊，就骂自己快省几滴猫尿吧。 他擦着眼睛，泪珠被揉碎了，转眼也被很凉的秋风吹干了。 他想人不能就这么完蛋，他想去乡派出所报案，用法律追回铁或是追回款。 只能这样了。 杨双根把想法跟王秃子一说，王秃子就反对说，他妈是麻秆打狼两害怕，吃个哑巴亏算啦。 你一报案，万一追问铁桥的产权咋办？ 杨双根很硬气地说，矿务局和铁路分局都说没这桥，产权就是俺杨贵庄的。 王秃子撇嘴说，就算他妈是杨贵庄的，你小子是庄里啥人，是村长还是支书？ 杨双根说俺带兆田村长一起报案。 王秃子骂他蠢，简直蠢到家了。 杨双根见王秃子阻拦，一时竟疑心他跟大胡子合伙糊弄自己。 杨双根就更生气了，回村直奔兆田村长家里，见兆田村长不在，就揣着合同书只身去乡政府派出所报案了。 乡派出所的人不摸底，值班人员看了

杨双根的合同，并把详情记下来，说追查看看，一有消息就
去村里通知你。 杨双根说了好多感谢话就回村了。 到了家
里，杨双根想将那两万元钱和有些条子送到兆田村长那里
去，都找出来了，又迟迟疑疑藏下了。 他还指望乡派出所能
找到大胡子那伙人，找回欠款。 他的心里霎时就宽敞起来。

交完公粮就快入冬了。 受冷气流的影响，一夜之间落了
场大雪，原野便裹上了冬装。 雪后的第一个上午，杨大疙瘩
与村人一起聚到村委会门前开会。 贾乡长来时，检查一下重
新承包土地的事，又宣布九月给兆田村长当助理，没明说也
是干村长的事。 杨大疙瘩没有怎样高兴，他发现儿子杨双根
沉着脸。 这个小家庭各有各的心事。 杨大疙瘩知道九月的
升迁并不能使杨家留住土地，甚至还会更少。 他知道九月和
兆田村长操持开荒，但这也是远水不解近渴的。 春天订下的
大棚塑料，已经送货上门。 杨大疙瘩只留下极少部分，然后
就说尽好话将人家央告走了。 随后他就走到田野上去了。
雪停之后，天空仍然很晦暗。 他没法说清楚这个初冬，田野
上的人慢慢多起来。 他们议论着哪块地好哪块地坏，脑海里
却是想象来年秋收的景象了。 人们没有发现一个老人久久徘
徊在原野，当风哭泣。 似乎土地上发生的事在老人的脸上都
显露出来。 在那天的乡政府表彰会上，政府依然奖给杨大疙
瘩售粮大王的锦旗。 杨大疙瘩没有去开会，锦旗是九月领回
来的。 眼下这个家庭最活跃的就是九月了，与满面春风的九
月相比，杨双根明显地委顿下去，整日唉声叹气像是丢了

魂。杨大疙瘩猜想儿子的魂儿是丢在田野里的。 他们家里供着菩萨，他和老伴儿面朝着龛里的那个面孔慈祥的观世音，缓缓跪下去，祈祷菩萨保佑他们的儿子。 杨大疙瘩想到重新承包土地之后，将儿子的喜事办了。 这个家庭是该拿喜气冲冲积了很久的晦气了。 分地的前两天，杨大疙瘩将兆田村长和几个村支委请到家里吃饭喝酒。 喝酒的时候，匣子播放一首歌，叫《九月九的酒》。 杨大疙瘩说今儿的酒本该是九月九来喝的，只是收秋太忙啦。 杨双根心事很重地说，这九月九的酒也怕是假酒，这年月连眼泪都鸡巴假了，何况这酒。 兆田村长呵呵笑。 九月边端菜边哼唱，思乡的人儿漂流在外头，走走走走走啊走……兆田村长骂，走马灯似的上城，走来走去的，竟他妈都走回家来啦！ 原先请都请不来，眼下打都打不走啦，真有意思哩。 然后苦笑着举杯说，都回来也好哇，咱就喝了这杯九月九的酒！ 全桌人都笑了。 喝完酒的傍晚，杨大疙瘩一下子病了两天，发高烧。 到重新承包土地那天，杨大疙瘩强撑着去田里抓阄儿。 他从来不曾像现在这样深刻地意识到，他硬硬朗朗出现的重要性。

尽管是一个晴日，地上还残存着积雪，踩上去咯吱咯吱响着。 好多饥饿的麻雀在雪野里觅食。 西北风扬着晶莹的雪粉，砸得杨大疙瘩总想闭眼睛。 杨双根默默地跟着父亲。父子俩几乎同时发现自己家承包过的土地慢慢膨胀，被冻酥，像棉团一样蓬松地胀开。 人们红着眼盯着这些土地。没有谁挨门吃喝，村人便很兴奋地涌到田野里来。 杨大疙瘩觉得像土改、合作化或是三中全会以后的大包干儿，人们脸上的喜气依然不减当年。 与这气氛格格不入的是杨大疙瘩垂头丧气的样子，俨然被分了田地的地主。 杨双根开始为第二小组张罗抓阄儿。 他悄悄走到父亲跟前说，爹，没有斗争你，高兴点儿吧，这地谁种不是种呢，杨大疙瘩狠狠地瞪了他一眼，直到兆田村长和九月都凑过来跟他打招呼，他的老脸才松活一些。 他蹲在雪地里，吧嗒吧嗒地吸烟。 一群孩子在人群里钻来钻去，拍着小手唱歌谣。 杨大疙瘩几乎不认识这些孩子，孩子们大多是城里生的，模样很洋气。 他们随父母还乡了，还拿城里人眼光唱童谣，乡巴佬看花轿，傻姑爷得不着……杨大疙瘩歪着脑袋瞅他们，庄稼佬不打腰，拿着鸡巴当辣椒。 杨大疙瘩感到被嘲弄了，扭头臭口臭嘴地骂，妹子养的，不准你们糟改庄稼人！ 孩子们被老人的凶样吓跑了。 已经闹闹嚷嚷地抓半天阄儿了，兆田村长几次喊杨大疙瘩过来抓阄儿。 杨大疙瘩泥塑木雕似的不动，烟锅早已熄了，可烟袋杆仍在嘴里叼着。 杨双根走过来，有些焦急地说，爹快去抓阄儿哇，不然好地就没啦！ 杨大疙瘩还是没理他。 杨双根说你不抓，俺可要下手啦。 杨大疙瘩扭头凶儿子，你别给俺抓，剩下啥是啥！ 杨双根茫然地盯着父亲。这时候，在城里卖菜发了财的杨广田笑悠悠地走过来说，老叔哇，俺抓着原来承包的那块地了，真是天凑地巧的。 这块地几年不荒，比先时还肥了，感谢老叔的料理呀！ 杨大疙瘩嗯嗯着点头。 杨广田见杨大疙瘩绷着脸，就说俺在城里学会了管理大棚菜技术，你老有用得着俺的就叫一声。然后哼着歌子走了。杨大疙瘩心腔一热。他觉得杨广田还算有良心，还知道是俺将他的地养肥啦。是哩，几年来他往地里使了多少底粪呢，总算换回一句热肠子话。

西北风越刮越紧了。杨大疙瘩的老脸被冻得挤成一团。他看见九月了，九月举着小牌嚷着村人的名字。她长大了，长成挑梁拿事的能人了。她的脸蛋被风吹得红扑扑的，脖子上的红围巾被风一掀一掀，像一只在田野里扑棱着的大鸟。她支使杨双根干这干那，杨双根只有被使唤的份了。杨双根瞅着父亲的样子很难受，也在自责，自责自己没能把铁桥卖成，没有为杨家赢来土地。看来追桥钱也没啥指望了。一切就像没有发生过一样。他在寻找适当时机，将剩下那点啰唆跟兆田村长办了。杨大疙瘩不动声色地瞅着村人来来往往，杨家剩下的承包地有结果了，有好有坏。杨大疙瘩听着儿子絮叨那些地，还有九月娘家的地，以及五奶奶的地，仍由杨大疙瘩承包。杨大疙瘩闭上眼睛就能想到那几块地的方位和模样，因为那里还留着他和双根的气味儿，他的影子，侧棱耳朵还能听到他留在地里的吆喝声，尽管这些地少得可怜。

过了一会儿，杨大疙瘩听到人群里有女人的哭泣声。他被女人哭得浑身发紧。杨双根告诉父亲，说那是小木匠云舟媳妇田凤兰在哭，她抓阄儿抓到一块很远很差的地。杨大疙瘩问是不是被城里人打瘸了的那个云舟，杨双根说是，还说她很可怜的。 爹，咱们帮帮她吧。 杨大疙瘩咳了一声，蹶趿蹶趿地走去了。 他对田凤兰说，云舟媳妇，莫哭鼻子啦，你那块地咱两家换过来。 田凤兰立马止住哭，这咋行，你家的地够少的啦，俺咋好意思雪上加霜呢。 杨大疙瘩瞅了一眼双根说，你家是双根那组的，要不双根也得帮你种田。 田凤兰泪流满面了，喃喃地说，还是咱乡下人情厚哩，俺代表云舟给你老磕头啦。 说着就缓缓跪在雪地上了。

人都散尽了，雪野被人群踩黑了。 杨大疙瘩还独自蹲在田野里，只有几只觅食的麻雀陪着他。 杨大疙瘩竟忆着很早的往事，解放后搞土改分田地时，他和父亲分了地。 那时他还是个孩子，他看见老地主蹲在土地上吸烟，还不时抓一把地上的活土。 眼下他忽然明白老地主为啥最后一个离开田野。 这茫茫一片都曾是杨家的田野。 从今天开始，或许到有生之年，再也看不到昔日的景象了。 就像没生过娃的女人做不得娘一样，他这售粮大王算是做到头了。 杨大疙瘩忽然觉得脸上烫烫的，一摸，才知道有泪水流下来。

烈风扑打着杨大疙瘩昏花的眼睛。

婚礼就要到了日子。 杨双根和九月婚礼的前一天，杨贵庄又落了一场大雪。 一切都操办好了，只欠这场瑞雪。 这天早上，九强将那群陪嫁姐姐的鸽子引过来。 门口的残树枝上落满了白鸽子，分不清是鸽子还是雪。 杨双根被鸽子的啼啭声叫醒了，一睁眼，发现九月一双眼睛痴痴地看他。 杨双根笑问她不认识俺啦。 九月将脸贴过来，很伤感地说，双根，俺做了一夜噩梦，梦里你背着行李外出打工去啦，一去就再也没回来。杨双根憨笑说，俺这鸡巴组长有啥好，又窝囊，你见俺不回来就再找一家呗。九月紧紧地抱紧杨双根，将自己的胸脯贴在杨双根胸脯上，喃喃地说，俺不能没有你哩。杨双根笑说，梦打心头想。刚分了地，你自然梦着俺上城打工。九月的慌乱给杨双根带来桃红色的遐想。他趴到九月的身上去，九月这一次渐渐入境了，做得很真实。她那好看的鼻眼挤弄着，声音像夜鸟儿轻唱。杨双根仿佛觉得自己牵着那头老牛走在田野里，九月的脸渐渐化在平原里了。他牵着老牛走，越走越远，待回首最后看一眼小村时，小村竟被一团亮色的云遮蔽，像一段驼黄色的绳头。

吃过早饭，兆田村长到杨双根家里贺喜，贺过喜就跟九月商量开荒的事。九月将那笔存款直接提出来开荒，兆田村长感动得说不出话来。杨双根听说九月从城里引一笔资金过来，从心眼儿里佩服。杨双根知道自己掺和不过去，就抄起笤帚扫院子里的积雪。扫完自家门前的，又去扫大街上的雪。鸽子们在他头顶上旋飞，常能听到鸽哨。一群孩子在村巷里堆雪菩萨，雪地上留下他们奔跑的足印。杨双根站在雪菩萨前，歪着脑袋瞧着，发现雪菩萨很和善，很慈祥。这个时候，杨双根和孩子们一同扭头看村口，那里缓缓开来一辆警车。红灯警车没有鸣笛，到杨双根跟前就停下了。车门打开，走下一位很威严的警察，问杨双根村长家在哪儿。杨双根说现在村长正在俺家，然后憨厚地笑笑，就领着警察往他家走。 杨双根边走边笑问，俺村有犯法的啦。 警察点头走着。 杨双根还骂了一句，俺村还有这样的家伙，看来从城里回来的人学坏啦。 说说笑笑就进了院子。 兆田村长迎出来问了问，警察出示逮捕证说，你们村有个叫杨双根的人吗，兆田村长愣起眼问，有哇，给你们引路的就是。 杨双根脑袋轰地一响，就有冷冷的铁铐铐住手腕。 杨双根伸着脖子喊，俺咋啦，俺没犯法哩！ 卖铁桥是为公家开荒，俺他妈还被骗了呢。 兆田村长说，你们抓错人啦，俺这个村谁犯法俺都信，就是双根俺不信，有事好商量，放下人。 警察不理睬兆田村长，七手八脚地将杨双根推上了警车。 杨双根舞着双手喊，九月救救俺哩。 五奶奶看见这一切就瘫在雪地里号，俺村就双根这么一个好人哪。 随后她就将刚刚堆好的雪菩萨抓碎了。

九月奔跑着追到村外，汽车就沿着村路消失了。 她狂奔的时候，也滑去了许许多多哀戚的面容。 唯有那一片原野跟着她游动、起伏，眨眼的工夫就牢牢地筑在那里了。 她的身子慢慢软向大地，喉咙里挤出一阵短促的呜咽，这冤家，别人都还乡啦，你为啥走啦。 然后就朝那个遥远的地方好一阵张望。

纷纷的雪，又在飘。

落雪的平原竟有了田园的味道。

　　这年冬天反常。 往年冬天，福镇就有下不完的雪。 福镇人喜雪，雪天里赶大集，而且结婚的特别多。 福镇女镇长陈凤珍记得自己也是雪天里举行婚礼的。 今年镇里经济滑坡，也不至于老天爷动怒。 可是到了农历大寒，愣是一星雪花没掉。 土啦光叽的街道除了大集，便显得冷冷清清，更别提那婚礼的热闹了。 寒流倒是不断弦儿地来，使镇上有股难闻的气味。

　　冷节气里，一天到晚净是难事儿。 陈凤珍从镇政府搬回家里躲清静。 镇政府每天都有要账的，还有农民告状的，眼不见为净吧。 其实她的家就是父亲的家。 她的丈夫和婆家都在县城。 傍晚吃过饭，陈凤珍坐在灯下看书。 书是丈夫田耕从城里捎来的，关于农村股份制的书。 这些天她迷恋股份制，对现今杂乱无序的乡镇经济，股份制也许是个好招子。 这阵儿家里也不安静了，天不下雪，患病的多起来，满街筒子都是咳嗽声。 陈凤珍的父亲是镇上开药铺的，小药铺猛地火起来，父亲的炒药锅昼夜亢奋地响着。 连经常在外乡卖野药的弟弟陈凤宝也赶回来，加入家庭熬药大会战。 父亲一边捣药一边哼着扁食歌。 她知道这是民间祭奠古代名医扁鹊的歌，父亲哼了几十年了，凤宝和小媳妇阿香边熬药边调笑。 阿香并不嫌弃凤宝的瘸腿。 这家伙卖野药嘴皮子练得不善，不仅嘴巴拢人，而且在床上缠绵起来也不差。 凤宝说，这年头市场疲软，可有两样不软！ 阿香问哪两样？ 凤宝笑嘻嘻地说：一是卖淫的，二是咱卖药的。 阿香笑着揪凤宝的耳朵问，你个鬼东西咋知道？ 是不是在外头嫖女人？ 凤宝讨饶说俺有色心没色胆哩。 父亲阴眉沉脸地训斥凤宝，别胡扯淡，混账东西！ 那些玩意儿与咱卖药能往一块儿扯吗？ 陈凤珍合上书，弄得哭笑不得，这都哪儿跟哪儿啊？ 她又听凤宝解释说，爹，俺错了，是不一样。 咱卖药有淡季，人家可没淡季。 父亲生气地骂，你小子中啥邪气啦？ 咱祖传立佛丹有淡季吗？ 一年四季都叫好儿。 阿香顺杆爬说，凤宝，你不能长敌人志气灭自己威风！ 凤宝咧嘴笑。 父亲又嘟囔说，荒年饿不死手艺人，快熬药吧！ 陈凤珍就听不到他们说笑了，只有单调的炒药声。

　　北风挺硬，风很响地拍打门扇。 冷节气并没冻掉凤珍的热情。 刚才父亲说的立佛丹启发了她。 她知道立佛丹是祖传医治下肢瘫痪的药。 眼下镇里好多企业都瘫痪了，医治它的立佛丹敢于上项目上规模，勇于负债经营，有了政绩也肥了腰包，轮到陈凤珍接手，赶上银行不放贷，治理整顿烂摊子。 一年的光景，镇里经济越治越乱，好多企业关门放假了，银行催还贷款和外地索债的不断。眼瞅快年根儿了，县里又要各乡镇报产值。福镇报啥？她愁。那次去县里开会，宗县长夸他们精神文明抓得不错。言外之意是经济上不去，一手硬一手软了。都知道宗县长器重陈凤珍，不仅仅是赏识她，而且因为他们都是一条线上的。宗县长当过团委书记，而陈凤珍被宗县长提名来到福镇之前也是团县委书记。陈凤珍能摸清领导意图，一到福镇就将镇团委书记小吴提为副镇长。这种团结方式确实不错，小吴鞍前马后地围她转呢。陈凤珍继续看那本股份制的书，她好像找到了祖传的立佛丹。

这时院里有车笛响。陈凤珍抬头看见副镇长小吴进屋来，脸冻得通红。小吴说，陈镇长，又出事啦。陈凤珍问出啥事啦？小吴说，那几户承包草场的农民，把咱镇政府给告啦。陈凤珍收起书叹道，这是我意料之中的事。小吴说，宋书记让我通知你出庭，潘老五到珠海要债去啦！都是潘老五惹下的祸，干吗要你一个人？陈凤珍沉吟半晌无语。她知道镇党委书记宋鹤年是部队转业干部，跟县委组织部李部长是战友。他比陈凤珍早到福镇两年，福镇的农工商联合公司总经理潘五兰也是宋书记的人。虽然由陈凤珍挂着公司总管，实际上早已被潘五兰架空，直接由一把手老宋调遣。好事轮不着陈凤珍，当被告出庭的孬鼻子事自然跑不了她。潘五兰经理男人起女人名儿，处处晦气，人们都叫他潘老五。潘老五是手眼通天的人物，农民企业家，福镇乡镇企业的创始人。 伺候了几任书记镇长了，喜欢他也好，恼他也罢，谁也动不了他。 福镇的厂长们都是潘老五一手提拔的，别人很难插手，陈凤珍发号施令也都是通过潘老五进行。 小吴又说，潘老五哪是去要债，分明是躲了。 陈凤珍咬咬牙说，我去出庭，变不了凤凰还变不了胡家雀吗？ 没干成光彩事儿还怕丢人？ 小吴相信陈镇长能对付过去，可心里还在鸣不平。 这场民告官的官司完全是潘老五一手惹起的，潘老五听谁的？ 还不是听一把手宋书记的？ 她记得镇塑料厂从德国进口一些废塑料，潘老五提议并一手操办。 当时陈凤珍和几个副镇长都提醒他，别上外国佬的当，潘老五眼里压根儿就没他们，他只听一把手的，他向来都这样。 废塑料运回福镇，一拆集装箱就傻眼了，全是臭味熏天的民用垃圾，往东河坡一卸，捡破烂的就围上来，还翻出不少黄色画报来。 陈凤珍让潘老五赶紧派人看管。 正是春天的雨季，雨水将垃圾冲散了，污水顺东河流向那片草泊，不久那片春笋般的芦草都枯死了。 草场是上了保险的，县保险公司来人查看，是废垃圾里的污水污染的。 保险合同没有这一项。 草场承包者刘继善等几户农民找潘老五，他们要求赔偿。 潘老五没好气儿地说，俺这儿有一百万的垃圾找谁去赔？ 除非德国佬赔了俺，俺就赔你们！ 然后潘老五就去给德国佬拨电话。 对方哈喽哈喽叫两声就放了电话，话务员当即朝潘老五要两千元电话费。 哈喽哈喽两千块的话柄就在福镇传开了。 陈凤珍要求镇党委对这一事件追究责任。 宋书记说咋追究？ 这十几年经潘老五贷款就有两个亿，谁接手谁来还。陈凤珍哑口无言。潘老五这阵儿真成爷了。退休的公安局副局长老徐给他当保镖，还从镇医院聘请了贴身保健医生。有个头疼脑热的，银行行长都来看他。那些农民不交村里草场承包费，追着潘老五要钱，拖到了冬天也没个眉目。陈凤珍开始也帮着农民说话，后来听说几户农民中有她三姑家，也就不张嘴了。小吴愤愤不平地说，潘老五穷横凭个啥？还不是能欠债。这阵儿黄世仁都给杨白劳叫爷！陈凤珍苦笑说，别这样说，老潘也想把镇里经济搞上去，碰着这样的大气候，加上他素质又差，没办法呀！这些天，县里号召各乡镇搞股份制，可谁也不敢动。我想，咱们带个头，摸一套经验出来。不是说，福镇历来出经验嘛！股份制企业和股份制公司，就能避免进口废垃圾这样的失误，兴许能把乱哄哄的乡镇经济捋顺过来！小吴颇有疑惑地说，咋个股份制？还不是换汤不换药。陈凤珍解释说，各企业吸收股份，搞股份制企业，对于镇总公司，各企业和分公司就是股东。企业和总公司分别成立董事会，大的经济活动要由董事会决定，这样的话，乡镇经济才有可能走上良性循环的轨道。小吴点头说，想法很好，不过，这不等于罢潘老五的权嘛，他不会答应的。陈凤珍说，大势所趋，我们耐心做他的思想工作。小吴说，潘老五反对，宋书记也不会支持的。陈凤珍笑笑说，这是给他一把手脸上添光的事儿，他会转过弯儿来的。在乡镇一把手和二把手是有本质区别的，镇里成绩多大，也得记到老宋的账上。 小吴摇头说，那难说，宋书记这人难看透！ 陈凤珍说，他反对更好，反对咱也干。 小吴笑了，心想那样出政绩可能就记陈镇长身上了。 经济上不去，搞出一套经验来，她见到宗县长也好有话说。 陈凤珍站起身，脸上显出被压抑的兴奋说，这场官司打定啦！ 镇政府是输是赢，都说明搞股份制的必要性。 哪找这材料？ 小吴，你执笔写写吧！ 然后她披上军大衣说，小吴，跟我去那几家看看。 小吴没吱声就跟陈凤珍走出屋子。 凤宝拐着身子朝吴镇长摆手说，吴镇长有空来呀，缺医短药的说话。 陈凤珍瞪凤宝一眼说哪有咒人吃药的。 凤宝嘻嘻地笑，吴镇长不是刚结婚吗，俺说的是那种药。 陈凤珍说瞧你个没正经的。 小吴边笑边往外走。 陈凤珍骂归骂，她从心里挺服气这个瘸弟弟。 凤宝研制了一种民间补药挺畅销，他姐夫田耕来了就朝他要这药。 陈凤珍生得高高壮壮的，而田耕是个戴眼镜的瘦弱书生。 他跟陈凤珍头一宿见面还行，过两天就支撑不住嘴里老讲股份制，吃上凤宝的药就再也不讲股份制了，天一落黑就朝凤珍身上乱摸，惹得陈凤珍烦他了。 自从她调到福镇来，田耕才不大吃这种药了。

小吴开那辆旧212来的，是镇里钢厂淘汰下来的旧车。 陈凤珍钻进去感觉四处跑风，冷乎乎的。 好在他们要去的草上庄离镇子不远，吸袋烟的工夫就到了。 这村的地皮儿陈凤珍踩熟了，她三姑在这村，她从小就跑三姑家玩。 草场被污染事件，她也跑来几次，为那几家农民办了点实事。 她怕因她出庭，这几家农民心里有负担，就来说说。 车路过三姑家门口的时候，陈凤珍扭头望了望，看见三姑院里屋里围了好多人。 她怕是出啥事了就让小吴下车看看。 小吴回来说三姑正上香算命呢，好多远道来的农民，屋里盛不下在外头等着。 陈凤珍半晌无语，叹一声示意小吴快开车。 三姑上香算命看病是收钱的，她知道就得管。 她在汽车拐弯的时候看到三姑家门楼上插满了灰白的艾叶，三姑管这叫桃符。 艾叶在寒风中瑟瑟抖动。 她不明白三姑为啥成仙了呢？ 她不信，可有那么多人信。 想起来三姑命够苦的，从小就浑身病，二十出头就瘫痪在炕头了，东求医西寻药，家都败了也没啥起色。 后来有人建议她去远村的一个大仙那里看看。三姑说那行吗？ 三姑夫说有病乱投医看看再说。 三姑被马车拉着去了远村的大仙家里，大仙一见三姑就给她跪下了，并学了两声蛤蟆叫。 大仙说他是蛤蟆仙，而三姑是狐仙，仙中之王，请她赶紧出道上香，有病自除有祸也自消了。 三姑半信半疑回来操持上香。 果然如蛤蟆仙所说的，三姑上香能看病看宅看命相，自己的病也好起来，在这块地儿上声名大振。 陈凤珍委实弄不明白，也不想去弄明白。 三姑托她父亲捎信给她，注意这小人、亲近那贵人的，她还能升官的，陈凤珍一概不睬。 一个乡下老太太该成组织部部长了。 不过，近来她还真听到风声，说三姑将草上庄全村老少都算服了，连村支书、村长都找她，卖地建厂等大事都请三姑踏看风水。 村委会研究好的决议，愣让三姑的香火给否了。 陈凤珍听到又好气又好笑，让父亲给三姑捎信别太张狂了，否则影响太大，别怪她这个当镇长的侄女无情。 陈凤珍问小吴说，你信我三姑那套吗？ 小吴迟疑一下说，这年头的事儿没准儿，啥也不能全信，也不能不信。 陈凤珍笑说，小吴啥时也学油啦？ 小吴板了脸说，不是油，你三姑够神的。 就拿镇塑料厂来说吧，当初潘老五选东河岸边的老坟地当厂址，厂长老周也是草上庄的，老周就请你三姑看看风水，你三姑说这地方凶，压着龙头了，建厂准黄。 潘老五被老周骂了一顿，还是没挪地方，结果咋样？ 一开工建房就砸死了人，门口那段路老翻车。 厂子建起来就没盈利过，潘老五又从德国进口废塑料，是垃圾不说，又惹出这场官司，厂子一进夏天就关门了。 陈凤珍听得心里飕飕冒凉气。 她说，别说了，听起来怪吓人的。 哎，今晚上，咱们见见老周。 小吴点头开车，不一会儿就在村民李继善家门口停下来。 风大了，铜钱大小的树叶子满地滚动。

李继善人缘好，每天晚上家里串门的都是一屋子人。 大伙正为官司开庭的事戗戗，见陈凤珍和小吴进来都挺吃惊。李继善的父亲见陈凤珍就说，陈镇长呀，俺们这几户打官司可不是冲你呀！ 早知是你出庭，俺们就撤诉啦！ 都是潘老五那杂种给俺逼到这份上啦！ 陈凤珍朗笑道，没事儿，公司是镇里的，我是镇长，出庭是应该的，我就怕你们有顾虑，才来看看。 一句话说得李继善一家子挺感动。 李继善说，陈镇长没少给俺们操心哪！ 陈凤珍示意大伙该唠啥唠啥，然后她就盘腿坐在大炕上烤火盆子。 老的少的，男的女的，陈凤珍如鱼得水。 她说坐在老乡的大炕上心里踏实，上了法庭也有根哩！ 李继善端来一盘子瓜子，陈凤珍一边嗑瓜子一边逗大伙说实话。 好多人有些拘束，同着镇长好像没啥可唠的了，陈凤珍就往股份制上引。 她听说这几户农民承包草场的形式是股份制。 这回李继善和乡亲们就打开话匣子了。 陈凤珍让小吴找塑料厂厂长老周来。 老周与李继善是一起光屁股长大的好哥们儿，这阵儿在家歇着，一直为这几户农民幕后出主意。 老周怕伤了潘老五，一直不敢在公开场合亮观点。 听说陈镇长叫他，犹豫了半天还是硬着头皮来了。 陈凤珍问他一些塑料厂的情况。 她看出老周有些慌，额头沁出清虚虚的冷汗。 老周检讨似的说，都怪俺无能，没把厂子搞好，辜负了陈镇长和潘经理的希望。 陈凤珍笑起来说，咱们不是开批斗会，你尽管拿观点，你看厂子还有救吗？ 老周想了想说，咋没救？ 荒年饿不死精明汉，只要干，还是有救的，主要是管理……陈凤珍再往下追问，老周就不说了。 她看出他的心思，只要潘老五不乱插杠子就成。 陈凤珍说，镇里马上推广股份制，完全科学管理，按经济规律办事。 老周脸松活了说，真正是好招子。 我们早就盼着改革一下，要是股份制，我和李继善两人承包塑料厂。 陈凤珍与小吴对视一眼，两人都笑起来。 老周叹道，镇长，我看着那堆机器扔着心疼哩！ 真打实凿地干吧，不干没出路。 小吴笑道，阎王爷不知小鬼难受，你不怕那块地方犯邪气？ 老周不好意思地说，那不算啥，人正能压邪。 再说，求三婶子上香给寻个破法儿，准能镇住。 陈凤珍和小吴大笑起来。 小吴举手指指点点说，他妈的，这日子确实有邪气，是得靠正气拨一拨啦！ 陈凤珍笑说，瞧，小吴也上仙儿啦！ 一屋子人都跟着笑。 说说笑笑直到深夜风息，陈凤珍和小吴才回到镇上。

涉及潘老五的经济案连法院都很怵头。 要不是被告方陈凤珍在法庭上替原告说话，恐怕这案子又羊屙屎似的拖下来。 陈凤珍在县城找了宗县长，想尽快将这码啰唆事了断，也把抓股份制的想法都向宗县长说了，宗县长挺支持。 法院判定由福镇农工商公司向七户农民赔偿草场损失费四十万元。 回到镇上，陈凤珍就到处找钱，总公司的账上没钱，镇财政也没钱。 偏在这时山西某煤矿来了一拨儿要账的。 前半年镇里铁厂和瓷厂用煤都是潘老五从这个煤矿赊来的，粗一搂就有百余万。 镇党委书记老宋和陈凤珍好生接待，让煤矿客人吃好玩好。 老矿长跟镇领导哭穷，矿上开不起工资啦，这次再要不回钱去，工人们就得把我吃喽。 陈凤珍心里挺难过。 她看见老矿长拿着速效救心丸，时不时就含两粒，她又害怕出事。 看来劝是劝不回去了，只有等潘老五从珠海回来。 陈凤珍让小吴找来镇铁厂朱厂长，她命令朱厂长把客人陪好，就抽身出来与宋书记商量股份制的事。

宋书记每天都保持一个短暂的午休，无论春夏秋冬都这样。 下午三点钟左右，陈凤珍就来到宋书记的办公室等他，宋书记却四点钟才从休息室里出来。 他见陈凤珍看报等他，有些不好意思。 他仰脸打了个喷嚏，连说感冒了感冒了，一感冒脑袋就沉，脑袋一沉就是一个漫长的午睡了。 陈凤珍看了看宋书记多皱的脸，感觉他苍老了。 五十多岁的人了，已经到了不提拔的年龄，儿子女儿大学毕业都在县城工作。 潘老五也派镇里工程队在县城为宋书记盖了栋两层小楼，也有了退路。 镇上工作是难，再难也不是自己的事。 他不相信这年头还有为工作愁死的。 有时他真不理解陈凤珍，她忙得脚后跟打脑勺子，忙半天有啥起色？ 福镇发展到今天是用钱堆起来的，不是哪个忙出来的。 他嘴上的口头禅是，人随势走。 陈凤珍在老宋身上的感觉总是发生误差。 老家伙的更年期到了，本来应该高兴的事却立马沉了脸。 关于搞股份制，陈凤珍又把老宋估计错了。 老宋当兵出身，功臣似的脾气嘴还损。 他对陈凤珍提出的股份制不以为然，边喝茶水边说，凤珍哪，你的心情我理解。 想通过股份制来治理这个烂摊子，把工作抓上去，这是官话；私话呢，搞出个经验捞点政治资本，能往上升一升。 这没错，谁年轻都想闯一闯。不过，你们团系统的干部有个通病，干事轰轰烈烈没下文，开始就是结束。 陈凤珍脸腾地红了，争执说，只要路子对，我会干到底的。 老宋摆摆手说，别急，别急，听我说完。我是说，搞股份制，别是秋后的黄瓜栅空架子。 目前福镇最大的难题是缺钱，钱，懂吗？ 陈凤珍心里乱糟糟的静不下来，生气地说，这样胡整，多少钱也会败光的。 老宋依旧笑说，别激动，凤珍！ 我不是反对股份制，只怕费力不讨好。

陈凤珍干脆就端出进口废垃圾一事讲股份制的迫切性。 她说，股份制就能避免失误，它能逐步使管理科学化，走上良性循环轨道。 也许，我们这茬领导不能受益，可后来人会记起我们的。 从某种角度说，股份制也是一场革命！ 老宋说，你说得挺悲壮啊！ 理儿是这么个理儿，谁都想弄个刀切豆腐两面光，可这是福镇。 福镇的狗屁事够你研究一辈子的。 陈凤珍不服气地说，哪儿不是在摸着石头过河。 老宋呵呵笑道，凤珍，你别误解我。 搞股份制我没啥意见，关键是白弄了也搭不了啥！ 陈凤珍自知说服不了他，默默一想，一张嘴巴两张皮，横竖由你去说，出水才看两脚泥呢。 她问宋书记啥时开动员大会？ 老宋说，等潘经理回来再说。 他不回来，我们咋动？ 陈凤珍没说啥，自知她和老宋在福镇动经济，是丫鬟带钥匙当家做不了主。 按常规，潘经理应是在镇党委、镇政府领导下进行工作，眼下却啥都倒过来了。 没办法，她只有傻呵呵地等了。 如果潘老五在南方被女人缠住，看来股份制还得像这西北风白刮腾。 她出了宋书记的屋，就到小吴办公室里放怨气。 小吴说她头发长见识短，见怪不怪吧。 陈凤珍气糊涂了，嘴里也带了脏词儿，这鸡巴潘老五走了快半拉月啦！ 是要账还是旅游？ 小吴听见这话，忍不住抿着嘴笑，陈镇长急了也敢捅词啊！ 别急，告诉你，潘老五后天回来。 陈凤珍问你咋知道？ 小吴说，昨天跟文化站的小敏子打麻将，我套出来的，露透社消息忒准哪。 陈凤珍知道小敏子是潘老五多年的姘头，人长得一般，挺白嫩的，有股刁骚劲。 丈夫过去是军人，复员后让潘老五安排到福镇驻海南办事处了，潘老五喜欢小敏子，也舍得给她花钱。 有一年夏天，潘老五给小敏子买来一件高档连衣裙，小敏子穿上又露又透的，人们就叫她露透社了。 潘老五的老婆恶声恶气地来文化站跟小敏子闹，被潘老五一脚踢回去。 老婆怕离婚，就忍气吞声装着没看见。 陈凤珍听小吴说出露透社有消息，心里就踏实了，只要潘老五出差与小敏子有热线联系，就说明他在外头没叫别的女人缠住。 陈凤珍叹道，唉，山西那要账的还没走哇！ 她感觉心口有啥东西堵得慌。

　　捂了好久的雪，终于在黄昏落下来。 雪片子好像在天上焐热了，落在陈凤珍的脸上也不觉凉，还有股子日头的气息。 她在雪地里愣了半天神，正准备去食堂吃饭，小吴颠来告诉她，正如露透社所说，潘老五一行到家啦，而且还要回了欠债二百万。 陈凤珍与小吴回到办公室，陈凤珍拿围巾扫去头上的雪说，小吴，你给老潘家打电话，说晚上到镇政府开会。 小吴说镇长又犯路线错误，潘老五这会儿能在家？ 陈凤珍说他不先回家去哪儿？ 小吴说准在露透社，不信咱俩打赌。 陈凤珍摇头说，老潘毕竟还是镇里的招聘干部，他会注意影响的。 小吴说你不信我给小敏子家拨电话。 随后他拨通了小敏子家的电话，传出小敏子娇滴滴的声音。 小吴怕小敏子打诳语，一张嘴就蒙开了，我是吴镇长，潘经理找我有急事，他让我打这个电话。 小敏子支吾两句，还是让潘老五接了电话。 小吴一听潘老五的声音，怕老家伙翻脸骂他，就赶紧把电话塞给陈凤珍。 潘老五听是陈凤珍的声音，心里恼，嘴上还是蛮客气，汇报汇报要债情况，问她现在吃饭没有？ 陈凤珍逗他说，潘大经理不回来，我们吃啥？ 吃雪都不下，还得老潘回镇子，镇上就下雪，连老天爷都知道溜须有钱的。 潘老五说，别跟你五叔逗，咱们都去福斋楼涮羊肉！ 就把电话挂了。 陈凤珍放下电话说，小吴，果然给你猜着了，往后就叫你吴大仙吧。 小吴说，你赌输了，晚上你多喝一杯酒。 他们说笑着奔福斋楼去了。

雪纷纷扬扬下得紧。 天黑下来，白雪照得人总想闭眼睛。 陈凤珍走在雪地里，远远地看见潘老五的奥迪车驶过来，车里坐着小敏子。 在福斋楼门口，她才发现是潘老五自己开的车，潘老五跟小敏子来了。 陈凤珍记起，去年在县城开三级干部会，散会那天，招待所里停满了接人的豪华车，明眼人发现好多厂长经理车里有女人。 小敏子就坐在潘老五车里，人们也都见怪不怪了。 不过，陈凤珍发现那些乡镇长挺眼热，却不敢明来，吃行政饭儿的顾虑多一些。 这时陈凤珍透过雪花，看见潘老五穿着皮夹克挺着肚子往楼里走，小敏子颠颠地跟着。 到楼上雅座坐下来，陈凤珍才发现潘老五这次回来脸呈菜色，人没瘦，后脖颈鼓出一骨碌肉疙瘩，眼神儿还那么亮。 好几个女人都说潘老五眼睛带钩儿，陈凤珍倒没觉出来。 潘老五张罗着点锅上羊肉，又问陈凤珍喝啥酒。 陈凤珍说随便，反正我喝不多。 小敏子说，那就喝孔府家酒。 潘老五笑说，对对，喝孔府让人想家。 小吴暗笑，你想啥家？ 回到镇上半天了，也没进家门一步。 陈凤珍说，把宋书记叫来，他可能喝！ 潘老五摆摆手说，老宋感冒重了，让他家里捂汗去吧。 咱们喝！ 出门在外，挺想你们的。 陈凤珍心想这话应该对着小敏子说。 小敏子为潘老五脱下皮袄，抖着油脂麻花的袄袖子说，在外准没少喝，看这油袖子。 潘老五哈哈大笑说，不喝酒，这二百万能要回来？ 南蛮子灌我酒，一万块一盅酒，你算吧！ 老子喝完最后一盅酒，醉眼一看，全没人影儿啦！ 我以为他们故意丢下我，出了酒店门，才听说那群屄包全钻桌下哼哼呢。 陈凤珍担心道，你后来咋样？ 潘老五说我带着凤宝配制的解酒药呢。 甭说，凤宝的药挺灵，这小子有点鬼头门儿。 陈凤珍就咯咯地笑开了。 小吴边笑边逗潘老五，潘经理，凤宝的解酒药灵，那个药更灵吧？ 潘老五见小敏子拿眼瞪他，就支吾着倒酒将话题岔过去了。 喝了几杯酒，陈凤珍的脸就红扑扑好看了。 小敏子喝雪碧，小脸白雪一样，潘老五就喜欢皮肤白的女人，小敏子白脸蛋儿跟陈凤珍一比就更让他怜爱了。陈凤珍不时瞟潘老五，她在盘算咋跟他提股份制的事，还有法院替李继善几户农民追赔款的事。 她感觉跟宋书记说话累人，跟潘老五说事就轻松，这家伙头脑简单直来直去，要是喝到兴头儿上，跟他说啥都应承。 陈凤珍见潘老五喝欢喜了，举着酒杯吼了两嗓子京剧。 他喜欢京剧，没少拿公款往县京剧团里赞助。 陈凤珍趁潘老五高兴就把事情说了。 潘老五拍着胸脯子说，其实我全知道啦！ 陈凤珍马上想到宋书记给他通过电话。 小吴却说，老潘是不是露透社的消息？小敏子拿拳头捶着小吴肩膀笑骂。 潘老五罚了小吴一杯酒，自信地说，吴老弟，不是跟你吹牛，福镇的事都在你老哥手心攥着呢！ 顺我者昌，逆我者呢，你小子说。 小吴笑着说是，心里骂着老杂种。 小敏子看陈凤珍脸色不好，就圆场劝酒说，陈镇长，别听他胡吹六侃的，咱俩喝一杯。 陈凤珍已经头晕了，强撑着完全是为说事，潘老五拿话点她，点到痛处，她也火了，把酒盅往桌上一摔说，老潘，你把话说明白，是不是我和小吴哪点惹着你啦？ 潘老五愣了愣，扭脸对她说，凤珍，这是哪跟哪啊？ 你五叔向来高看你，我这大老粗说话没溜儿，你还不知道？ 甭说别的，就凭凤珍替我出庭这一手儿，我就感激不尽哪！ 小吴插嘴说，是哩，陈镇长出庭冲谁？ 还不冲你老潘？ 这回你可别叫陈镇长坐蜡啦。 潘老五顺着小吴的杆儿爬，连说，凤珍哪，我潘老五说话算话，欠那几家的钱，从这二百万里出！ 陈凤珍嘴角渐渐浮了笑影说，是哩，快把这点事解决了吧，我们还有好多事要办呢！ 潘老五接下话茬说，不就是股份制的事吗，这事五叔也支持你！ 有人给我报信，说搞股份制是罢我的权，我不听这套！ 事在人为，权是啥东西？ "又"一根"木"头！ 权得看你咋使啦。 镇里企业上的人，都是一群土打土闹的家伙，是得来点洋玩意儿，提高提高！ 人家南方企业，早就股份制啦！ 股份制能救活福镇，替我把贷款还上，我算是抱着猪头找着庙门儿啦！ 是不是？ 你五叔脑筋不老吧？ 陈凤珍虽然听着别扭，但她心里还是热乎乎的，老潘办事比老宋痛快。她笑笑说，股份制哪有那么神？ 替福镇还贷款？ 有一点是肯定的，符合经济发展规律，最终受益的还是福镇。 潘老五大咧咧地说，我不是那意思，靠股份制来钱，喝西北风吧！我同意干，关键是也不搭啥！ 然后就张罗喝酒。 陈凤珍从潘老五最后一句话里听出他跟宋书记是通了气的。 他们是一个年龄段儿的酒肉朋友，连说话都臭味相投。 明摆着，潘老五和宋书记对股份制是应付，她挺知足，他们不跳出来反对就成，小车不倒只管推着走吧。 末了，她又跟潘老五喝了两盅，脑袋嗡嗡的吃不下羊肉了。 潘老五的大嗓门儿将旁边雅座里的山西客人引了来。 他知道老矿长带人来了，想明天再见面，没承想铁厂朱厂长也带他们到这儿涮羊肉来了。 这样见到老矿长一行，潘老五挺尴尬。 老矿长和另外三个人端着酒杯过来敬酒。 陈凤珍看出客人是一肚子气。 老矿长心脏不好，喝的是矿泉水，边喝边埋怨说，老潘，你个挂羊头卖狗肉的家伙，是不是躲我们？ 潘老五说，老哥，别误会，我今天刚下飞机，晚上又没看见你们。 老矿长不依不饶，你小子是瞎了眼，还是黑了心？ 没良心的东西，你去了我们那儿好吃好喝不提，连陪睡的都供你挑！ 好，现在给我们晾起来啦！ 良心呢？ 潘老五恼了，没等他反驳，小敏子醋劲儿上来了，她站起身指着潘老五的鼻尖说，闹半天你在外边……话没说完就披上大衣跑下楼。 潘老五一直在小敏子面前树立正派形象，却被老矿长捅破了。 去年小敏子被染上了性病，她整天审潘老五,潘老五说洗澡盆传染的,好说歹说总算蒙过去了,这回真麻烦了。 陈凤珍端行政这碗饭,思想属传统型,她过去根本容不下这些,到福镇来见多了,心里腻歪表面还得应付过去。 她站起身说,老潘,我去看看小敏子! 潘老五心里惦着,嘴上充硬说,别管她,婊子养的,连句玩笑话都吃不住! 然后他一挥手喊上酒,我他妈以酒表忠心吧! 山西客人就都并到这桌来,陈凤珍举杯对山西客人说,老潘刚回镇上,打电话约我商量为你们筹款的事,你们别冤枉老潘啊! 老矿长又含了一粒药丸说,得看潘老五喝酒的态度啦! 潘老五脱了毛衣,摆开喝倒一片的架势。 陈凤珍酒喝得有些飘浮,又看出这群喝酒的人情绪不大对头,就说自己有事起身告辞了。

到晚间,雪已很厚了。 陈凤珍看雪里的街景跟白天没啥两样,那些临街的窗户亮着,映得半个街筒子白里透红。 雪前的街道脏乱,雪后就十分爽人眼目。 她觉得眼前有些恍惚,走路时整个人像踩在雾上,周围啥声音也没有。 她在自家门口站了一阵儿。 父亲的小药铺子黑着灯,房顶、墙头和附近的草垛蒙着积雪。 这阵儿的心情明显跟酒桌上是两样的。 她厌烦酒桌,桌上虚头巴脑的话说得累心,乡镇工作又离不开酒桌,喝酒就是团结,多好的关系久不喝酒也生分,就会带来瞎猜疑。 其实,她与老宋、潘老五等人没啥隔膜,就是刚来时总躲他们的酒局,才慢慢被他们视为异己的。 形势逼着她也喝白酒了,殊不知嘴馋吃倒泰山,这无边的吃喝风何时能刹住呢？ 她不知道在将来的股份制运作里还要喝上多少酒呢。 想起潘老五酒桌上说的一句话，她就无可奈何地苦笑了，看看自己袄袖子也脏了。 雪越下越猛，她就裹紧脖领进屋了。 阿香一个人看电视，父亲和弟弟不在家。 陈凤珍问爹和弟弟干啥去啦？ 阿香说他们爷俩去北滩林子里打兔子啦。 陈凤珍嗯了一声就倒水喝，暖瓶里空空没开水。 阿香正津津有味地看一部都市爱情片，边看边念叨，瞧人家过的日子，瞧人家的爱情多带劲儿。 陈凤珍没理她，她早就看出阿香是个好吃懒做的坏子。 她模样儿俊，弟弟又残疾，凤珍和父亲只有宠她。 陈凤珍红头涨脸地呆坐一会儿，正想烧壶水，看表已到了中央电视台《经济半小时》节目，里边正播出中国农民奔小康纪实专题，时常涉及股份制，她有空就看，她让阿香拨中央二台，阿香不愿意。 陈凤珍心里有气，表面还得哄着她。 她说，阿香，你不是喜欢姐姐的花围脖儿吗？ 就送给你啦。 阿香乐着试围脖儿去了。 陈凤珍拨到二台看起来。 那里讲股份制要有一个强有力的领导班子。 她由此联想到福镇的班子，算强还是不强？ 越想越没劲，甚至有点像喝了涮锅水一样恶心。 这时候，父亲和弟弟扛着猎枪回家了。 凤宝的枪上挑着四只血淋淋的兔子。 父亲拍拍身上的雪，摘下两只兔尾巴耳暖，弯腰操刀挖兔眼。 陈凤珍看见父亲脸上的肉棱冻得紫红，就劝他先歇歇。 父亲说误了时辰兔眼就废了。 凤珍这才想起祖传立佛丹的药丸里有兔眼睛当原料。 凤宝斜斜歪歪走到陈凤珍身边说，姐，今晚我们看见红兔子啦。 陈凤珍问，咱这块地儿上还有红兔子？ 别是撞见黄鼠狼了吧？ 凤宝一口咬定是红兔子。 陈凤珍知道祖传药书上说红兔子眼睛做立佛丹最佳。 父亲在一旁拿手掂着红乎乎的兔眼睛，深沉的老脸天真无邪地笑了。 他说，明晚咱们打红兔子！ 凤宝咧嘴说，红兔子那么好打吗？ 比人都精！ 父亲洗完手，捋着黄白的胡须笑，连狐狸都斗不过好猎手，何况红兔子。 陈凤珍心疼父亲说，保重身子骨儿吧，爹！ 人为财死，鸟为食亡，别为几个钱，连老命都搭上。父亲瞪陈凤珍一眼说，你以为你爹是个老财迷？ 你爹活了这把年纪，最重义气。 俺打红兔子都是为了你糊涂爷呀！ 陈凤珍问，糊涂爷咋啦？ 凤宝插言说，糊涂爷下肢瘫痪啦！在敬老院里炕吃炕屙遭尽了罪。 陈凤珍哦了一声，明天我去敬老院看看糊涂爷。 她知道糊涂爷是她家的恩人。 瓜菜代年月，糊涂爷省下口粮送给她家。 凤珍上大学那年家里穷，连件像样的衣裳都买不起，糊涂爷将自己的皮袄卖了，给凤珍添东西。 凤宝小时候特别淘，七岁那年爬老树掏老鸹窝摔下来，不是糊涂爷救得及时，小命就难保了。 陈凤珍动情说，糊涂爷是好人哪，给他做立佛丹可千万别收费哩！ 父亲说那是自然，收糊涂爷的钱还叫人吗？ 凤宝说，糊涂爷是五保户，要是公费咱就收！ 父亲黑着脸吼，啥费也不能收！陈凤珍同意父亲的观点。 睡觉前，陈凤珍还觉头晕，就朝凤宝要解酒的药，凤宝一拐一拐地送药过来，阿香追过来说，凤宝，你看拿错药没有？ 凤宝细眼一瞧，叫了声妈呀补药。

阿香咯咯笑，该死的，不是我心细，叫大姐这宿咋折腾呢？陈凤珍吃下凤宝换过的药，躺在炕上感到十分疲累，不再想股份制，倒真觉得自己骨分肢了。她扯过一条被子，蒙头盖脑睡了。

第二天早上，陈凤珍被父亲扫雪的声音弄醒了。她穿好衣裳，洗了脸，就见小吴挺急地走进屋子。她见小吴脑袋上没雪，才知雪停了，但她看见他脑门有块血痕。不等她询问，小吴就哭丧着脸诉屈。昨晚上陈凤珍走了不久，酒桌上就出事了。潘老五心里窝着股鸟火，三说两说就跟山西客人闹崩了，他口口声声说人家煤质不合格，不减价就不给欠款。山西客人见老矿长犯了病，上来跟他闹，潘老五犯浑一抡酒瓶子，还把人家伤了。小吴上去拉架也挂了彩。陈凤珍吓得腿杆子都打战了，骂道，这个潘老五，成事不足败事有余！客人呢？小吴说人家连夜就走了，陈凤珍问，客人伤得重不重？小吴说是轻伤。陈凤珍又问，老潘咋样，伤了吗？小吴说他没伤，醉得一塌糊涂，我和福斋楼的老板架他回家啦。陈凤珍唉声叹气，埋怨道，就潘老五这素质，还咋搞股份制？小吴劝说，别生气呀陈镇长，照样搞股份制，死马当活马医呗！陈凤珍坐着不吱声，早晨不吃饭也不知道饿，满眼里浑浑雪景。过了片刻，她又问，宋书记知道这事吗？小吴说宋书记感冒重了，在镇医院输液，可能不知道。陈凤珍站起身说，上午咱们先去医院看望宋书记，然后再去找老潘，大同方面得赶紧派人安抚，矛盾激化还会出大乱子的。 小吴点头应着，脚跟脚随陈凤珍出了院子。 积雪在他们脚下脆脆地吱吱响着。 虽然没有日头，陈凤珍依然感觉到雪地上炫目的强光刺眼，眼前明明是白雪，不知怎的一片盲黑了。 在镇政府楼道口，陈凤珍碰见了镇党委副书记老王。镇党委共三个副书记，老王是主管工业的，他当过镇基金会主任，每到节骨眼儿上，陈凤珍临时动钱都找他。 老王属中间派，既亲和宋书记，也靠近陈镇长，潘老五使唤起他来更灵，老潘从不把老王当副书记看。 老王刚从县里开会回来，听说潘老五回来了就去家里看他，然后正准备买东西看宋书记，就碰上了陈凤珍。 老王笑起来像尊佛。 他笑说，陈镇长，我啥时跟你汇报会议情况？ 陈凤珍都忘记老王开的啥会了，又不好意思说透，只是点头嗯嗯着。 她说，我还有大事跟你商量呢。 老王神秘地笑说，是不是搞股份制的事？ 我在县里听宗县长说了，他还在会上表扬你的闯劲儿呢。 陈凤珍脑袋嗡地一响，镇上这里八字没一撇呢，宗县长倒给唱出去，这回可是非干不可了。 她惊喜地问宗县长还说啥啦？老王就学说一遍。 陈凤珍想想说，你单独给老宋讲讲这些，不过别提我个人，懂吗？ 老王说我会说，然后夸了几句雪景才走了。 陈凤珍挺激动，有宗县长做后盾，搞股份制就好办多了。 正想着，她看见小敏子背着小提包上班来，她满脸脂粉很浓，眼影乌了大圈，也遮不住红肿的眼皮。 她走路扭来扭去恰似扭秧歌。 陈凤珍远远喊了小敏子一句。 小敏子装成没事人一样过来问候，昨晚镇长没喝多吧？ 陈凤珍笑说，我没啥，老潘真喝多啦！ 小敏子怒脸道，从今往后别提那老东西，我不认识他！ 陈凤珍说，别任性了，凭你这气，就看出你疼他。 告诉你，昨晚老潘喝多了酒将山西客人打伤了，这邪气还不是因为你甩手走了？ 只有你能劝老潘，让他赶紧向山西那头道歉！ 小敏子说他死不死呀，就扭身上楼去了。陈凤珍愣在那里。 她只听人说老潘与小敏子有一腿，但很少研究他们是怎样的维系方式。 只能简单理解：她爱财，老潘爱色。 从昨晚小敏子的醋劲儿上看，这女子不仅仅是爱财了，就老潘那猪都不啃的南瓜脸，还有啥恋头呢？ 陈凤珍打开办公室的门，翻出一个网兜，就去小吴办公室。 小吴已经买好了两大兜东西等她。 陈凤珍扔下网兜，拍着小吴肩膀说，你买就你买吧，这点小便宜我就占了。 小吴没听清陈凤珍说啥，就跟她去镇医院看宋书记了。 在镇医院的病房里，陈凤珍看见潘老五和老王都在，像是密谈，见了陈凤珍和小吴就转了话题。 陈凤珍望着躺在病床上的老宋问了问病情，然后说雪后就不会感冒了。 老宋叹一声说，是哩，福镇是大雪的故乡，福镇人喜雪呀！ 陈凤珍就笑。 她扭脸对潘老五说，正要去看你，恰巧你来了，煤矿那头得去人安抚哩，千万别激化矛盾。 潘老五悻悻地吼，甭鸡巴理他们，我这回还真恼他们啦！ 一群草寇，打官司我接着！ 就不给他们钱，煤里掺了他妈多少石头？ 老宋说，老潘，又犯牛脾气，你可是代表镇政府的形象。 凤珍说得对呀！ 明天上午开股份制的会，会后快去山西。 潘老五不耐烦地摆着手嚷，好生当你

们的官，经济活动我自有主张！ 陈凤珍心里说，你这一肚子
屎，别再惹出祸来了，福镇可禁不住折腾了。

开会那天上午，又下雪，鹅毛大雪把福镇装饰一新。 雪
花一飘，陈凤珍情绪就好。 她很早就来到四楼会议室，室内
暖风扑面。 老宋出了院，他端着茶水杯坐下来，潘老五紧挨
着他坐。 副书记副镇长们都来了，各厂厂长和各村支书村
长，满腾腾一大屋子人。 这次镇党委扩大会由老宋主持。
老宋悠着长腔说，今天的会议中心议题是企业股份制改革。
陈凤珍对老宋的第一句话就不满意，明明定好的是股份制改
革动员会。 老宋说，都说咱福镇出经验，这回上级希望咱在
这方面弄出点经验来。 他话音没落，底下人就窃窃议论，过
去经验把福镇坑苦了，还搞经验？ 陈凤珍心里着实不悦。
她插言道，大家别误会，过去福镇的经验是在极"左"路线
下产生的，而股份制是科学的治理经济的手段。 老宋笑笑
说，那就先让陈镇长读段材料，让大伙明白明白啥叫股份
制。 陈凤珍打开笔记本就边读边说。 底下人听得直瞪眼，
妈呀，这招子不错呀。 既能阻止个人胡来，又能提高企业自
主权和工人积极性。 陈凤珍说，镇里办个学习班，详细讲讲
股份制。 甭看在全县是超前一步，实际是大势所趋，长期受
益。 厂长们说好的同时都瞟潘老五。 潘老五眯着眼听会，
一言不发。 陈凤珍看得出，厂长们讨厌潘老五瞎干预，又怕
他。 陈凤珍说，老潘说两句，你走南闯北，介绍一下南方乡
镇企业股份制咋搞的？ 潘老五嘿嘿了两声，拿眼瞟宋书记

说，今儿个是宋书记主持会，我不喧宾夺主，宋书记先说。宋书记说凤珍不是讲得挺好嘛！ 陈凤珍听出老宋和潘老五话里有话。 她看出来，按潘老五的脾气不放几炮才怪，是老宋事先嘱咐他了，他不表态，给个手下人心里没底。 果然给凤珍猜着了，老宋私下还给王副书记任务了。 老王从县里信访办公室带回一封揭发信，揭发草上庄陈三妮装神弄鬼骗取钱财的事，县里要求镇里查办。 老王知道陈三妮是陈镇长三姑，怕她为难，就在病房交代老宋了。 老宋让他开大会时说说。 老王知道老宋难为陈凤珍呢，又不好驳老宋，就答应下来，想私下找陈凤珍，结果这两天家里装修房子，一忙就忘记找陈凤珍了。 凤珍这头老王更不想惹，他在县里开会听说女副县长要调省妇联当副主任，而陈凤珍是她的最佳替补，往远看，老宋日薄西山了。 老王看见老宋给他递眼色，老王故意装没看见，一个劲儿地抽烟，但他猜出老宋心里骂他滑头呢。 他心里也骂老宋，这股份制的会提那事合适吗？ 你们之间争权拉我垫背？ 他正琢磨着，老宋沉不住气提名点他了。 老宋说，趁草上庄支书村长都在，老王你把县里带来的信说说。 老王见躲不过去了就说了出来，最后补充说，陈镇长，我是怕你为难才没跟你讲。 屋里的目光都集中在陈凤珍身上。 陈凤珍面无表情。 草上庄支书说，那老太太是给人看病的，哪里是装神弄鬼？ 老宋十分严厉地说，她是中医还是西医呀？ 我看你们都中毒不浅！ 我也听说，你们村委会都听老太太的，你们把党放在哪里？ 限你们回去三天，责令她停止迷信活动！ 村支书哆嗦着说，你就是把我这个支书撸了，我也不敢动那老太太。 我还想多活两天呢！ 会场哄地笑开了。 老宋很恼火，啪地一拍桌子说，照你这么说，现在就撤你的职！ 然后扭头对主管精神文明的镇副书记小田说，你去办。 小田怯怯地瞟陈凤珍。 陈凤珍赶紧说，陈三妮是我三姑，我去办这事。 老宋说你办就你办。 陈凤珍说，老宋，今天是股份制的会，怕是离题太远了吧？ 老宋呵呵笑，大家接着说股份制。 潘老五听人一说老太太那么神，就私下好奇地打听。 人们净唠大仙了，怎么也不能把兴趣引到正题上来。 陈凤珍望着鼎沸起来的会议室，气得脸子寡白。 眼瞅着快晌午了，陈凤珍站起身，嘴里夹枪带棒地吼，这股份制给我自己搞哪？ 不搞就算啦！ 人群静下来了。 老宋望着陈凤珍说，沉住气，陈镇长！ 不搞股份制可是你嘴说的，宗县长怪罪下来你兜着？ 厂长们嚷道，谁说不搞？ 这是好事儿，快落实方案吧！ 陈凤珍斜瞄着宋书记说，咋样，老宋，这是民心所向吧？ 潘老五笑着圆场说，对，民心所向，民心所向！ 整个会议潘老五就说了这句话。 老宋见潘老五憋不住了，就抢话说了一些计划生育和小康村建设的事。 末了他说，股份制改革说干就干吧，下午镇党委领导班子分工包片！ 他大掌一挥说散会。 他连陈凤珍问都不问，说散会就散了。 陈凤珍知道老宋眼里没她，受这种气也惯了，没再补充啥，随散会的人群走在最后。 草上庄村支书蔫蔫地跟在她身后说，陈镇长我这事……陈凤珍说，别沉着脸像奔丧的样儿，你还是支书，他说撸就撸啦？ 村支书点头说那我还干着？ 不过，你三姑的事可不是村委会捅的。 哪个狗日的生事，不怕报应？ 陈凤珍扭脸熊他，你们村也真不像话，我去让三姑关门歇业！ 你个大支书怕她啥？ 村支书想讨好陈凤珍却碰了一鼻子灰，悻悻地躲开了。 见到小吴，陈凤珍总想说些啥，又说不上来。 有个村里头头请她喝酒，她也推辞了。 老宋和潘老五被铁厂朱厂长请走，到福斋楼喝酒去了。老宋没在酒桌陪到底，提前红着脸回来午休。 等到下午开会时，陈凤珍发现老宋彻底醒酒了，还是老宋主持会。 老宋一时半会儿都不肯放权，跟这样视权如命的人搭伙，关系很难相处，尤其是第二把手难当。 陈凤珍体会颇深。 老宋开场说，关于搞股份制与上次搞增收节支是一样的，增收节支有开始没结局，但愿这回干彻底一些。 是不是，小吴？ 陈凤珍又来气了。 他知道老宋言外之意，团系统出来的干部干工作开始就是结束。 小吴不服气地哼了一声。 老王笑着打圆场说，宋书记的意思是一竿子插到底。 大家谁不想把福镇弄好呢？ 老宋抢老王的话题说，对，我们是想把福镇的事办好。 为了搞好股份制，我们成立一个股份制改革领导小组。我当组长，陈镇长和老潘任副组长，老王任总秘书长，负责组织、联络和宣传等工作，在座的其他同志都是领导小组成员。 下面呢，就具体议一议，镇里哪些企业搞股份制。 不能一刀切，国家可以搞一国两制，我们福镇来个一镇两制。老潘主管镇企业，你先提提。 潘老五抽口烟，十分悠闲地荡着二郎腿说，其实呢，按国外股份制的规矩，当经理和当厂长的，得占公司或工厂的百分之五十以上股份，才配当经理厂长。 而我们呢？ 是乡镇企业，集体所有，那就得搞咱中国特色的股份制啦！ 总公司搞股份制，吸收各厂做股东，更欢迎外资入股。 至于各厂嘛，我看可以分批来，第一批搞股份制的企业是钢厂、铁厂、瓷厂、鞋厂、高频焊管厂和塑料厂。 目前就塑料厂停工，其他企业虽然效益也不太好，也是麻秆顶猪头强撑着。 他瞟瞟宋书记说，咋个包片分工我就不管啦！ 陈凤珍知道全镇还差一个停产企业玛钢厂就全了，潘老五迟迟不提，是玛钢厂盲目上马财务混乱，而且玛钢厂建厂用的大部分资金全是镇基金会的贷款。 潘老五有自己的算盘，玛钢厂搞股份制启动资金难找，弄不好还会惹出意想不到的麻烦，老百姓的活钱在那儿变成了死钱。 陈凤珍觉得那里早晚会出事。 她说第一批搞股份制的六个厂，那第二批还有啥？ 不就玛钢厂了吗？ 老宋说，玛钢厂停产呢。 小吴插嘴问，塑料厂也没开工啊！ 陈凤珍看出潘老五和老王很紧张。 她知道基金会的款都是老王帮着贷过去的，老宋也插手了，鬼才知道幕后有啥勾当。 潘老五怕陈凤珍疑心，就爽快地大笑说，这有啥争的，那就连玛钢厂一起搞。 不过，陈镇长，玛钢厂可是只大老虎，停产一天只赔一辆夏利，开工一天可就得赔一台桑塔纳啦！ 到时没钱可得找你这大镇长啦！ 陈凤珍防不胜防，他们就把球踢过来了，心里骂，好处你们匿啦，亏损找我？ 想得美。 她也不大姑娘要饭磨不开脸了，倔倔地说，当初要是搞股份制，就不会盲目上玛钢厂。这种教训还少吗？ 老宋说，当初大气候多好，你知道吗？陈凤珍说，我们得往自身上找原因，蒙准了，就说气候好，弄砸了，就埋怨大气候。 咱福镇下雪了，不照样有人患感冒吗？ 老宋脸色难看，忍着。 可是治陈凤珍的招子想好了。潘老五吃不住劲了，说，大姑娘不养孩子，是不知肚儿痛哩！ 老王见会场气氛不对头，就出来劝说，别扯闲篇儿啦，快定分工包厂的事吧。 扯到实质问题，会议立时冷了场。老宋抓住了时机，一锤定音说，我看，就按上次搞增收节支那样分吧。 陈凤珍脑袋一炸，眼前立时显现塑料厂的烂摊子。 潘老五包钢厂、老宋包瓷厂、小吴和小田包鞋厂、老王包玛钢厂、李副书记包高频焊管厂。 老宋见陈凤珍发蔫，为自己思谋得妙欣喜。 他笑着问陈凤珍，现在看来，就陈镇长和老王压力大，两厂没开工。 我看把小吴调出鞋厂，搭配给你们哪一方啊？ 陈凤珍不高兴地说，老宋，这是干工作，又不是做买卖。 老宋又瞅老王。 老王说我自己折腾吧。 老宋说，陈镇长是女同志，刚开完世妇会，照顾妇女是应该的。小吴去塑料厂，就这么定啦！ 他不等陈凤珍回话就宣布散会了。 都走了，会议室就丢下陈凤珍和小吴。 小吴嘟囔着骂，狗眼看人低！ 陈凤珍瞪着两眼不说话。 小吴又说，他们存心欺我们！ 明知塑料厂不行，还让我们一起出丑！ 陈凤珍想想塑料厂够难的，设备老化，而且没有资金，塑料销路不好，更别想让工人入股了。 股份制如果搞不起来，弄个劳民伤财，会给福镇雪上加霜的。 她有些犯难，这地方没法干，还是找宗县长调回城里算了。 福镇没福了，却是很可怕。 一直到吃晚饭，陈凤珍情绪都很低落，直想哭鼻子。

傍晚时大雪停了，停雪的空气有些压抑。 陈凤珍心浮气躁地给丈夫田耕拨电话。 占线。 小吴放放怨气就静心了，过来叫她去玩麻将。 陈凤珍回绝了，继续拨婆婆家电话，这才知道婆婆病了，田耕已开车来福镇找老岳父抓药来了。 陈凤珍就悄悄回父亲那里等田耕。 路上车熄火修车误了时间，田耕到家时都九点多了。 田耕在县工商银行当办公室主任，亲自开车。 吃罢饭抓完药，田耕赖在陈凤珍住室胡侃。 凤宝和阿香知趣地躲出去了，田耕笑嘻嘻地往陈凤珍身边凑。陈凤珍说你不是连夜赶回去吗？ 田耕还是嘴巴抹蜜套近乎。陈凤珍耳根一热就明白了。 她将门插好，上炕就脱衣裳，边脱边说，你快点来吧，动作快点，要不赶回城里就太晚啦！田耕看见她胸前白嫩的肉窝儿说，我不是这意思，我有别的事求你。 陈凤珍没好气儿地将脱到一半的衣裳穿上说，这阵儿你们男人不知咋啦，活得都像太监。 田耕在夫妻生活上一向被动，久别胜新婚，这回可行了，又没那份心情。 他讷讷地说，老太太要死要活的，我哪有干这个的心思？ 这几天，我们行长让我找你。 陈凤珍整理头发问啥事，田耕说，是催还贷款的事。 你们福镇潘经理，从我们行里贷走两千万，去年到期还不上，办了延贷手续，今年年底咋也得堵上吧？ 行长让我找你！ 陈凤珍沉着脸说，行长咋不找潘老五？ 田耕说，潘老五蛮横不讲理，才求你的。 陈凤珍笑笑说，怕是行长得好处了才理屈。 田耕说闹不清。 陈凤珍叹息一声说，福镇太复杂，这事你别管！ 田耕急赤白脸地说，这行长待我好，管也不白管哪！ 告你说，再不还贷，行长要倒霉啦！ 陈凤珍冷冷地说，你非要管，就请行长把延贷表送来。 田耕惊叫，咋还办延贷呀？ 陈凤珍说恐怕这是唯一结局，多快的宝刀到福镇也得卷刃子。 田耕说你不答应我，我就不走。 陈凤珍说不走就躺下睡，这冰天雪地的我还不放心哪！ 田耕还不动。 陈凤珍探头望了一眼雪夜说，你非走不可吗？ 田耕站起身说我走啦，我妈找人给咱俩看命相，说我沾不上你啥光。 果真说对啦！ 陈凤珍听他说看相，就想起三姑那里的麻烦事，说又是看相，看相能办大事，我也不当镇长了，跟三姑学学去。 亏你是国家干部，也信歪信邪的。 田耕提着那包药头也不回地往外走，风裹着雪粉砸脸。 陈凤珍看着丈夫瘦弱的身体钻进汽车，心里挺不得劲儿，灵机一动，想陪他回城，看看老婆婆，也好见见宗县长赶紧调回去。 她回屋拿出大衣，又用头巾围好脖子钻进汽车。 田耕还生她的气，半路上经陈凤珍介绍福镇的现状，田耕就明白了，同时也冒冷汗，为那行长哥们儿捏把汗。 他说找宗县长快调回来吧，咱们生个孩子。 陈凤珍好久都在男人群里斗心眼儿，几乎忘记自己是女人了。 丈夫一提孩子，又勾起了她原本的女性柔情。 她记起了哪本书上的一句话，只有经历难产阵痛的女人才算是真正的女人。 由此想到福镇，眼下的福镇就像一位胎位不正的孕妇，面临着难产的洗礼呢。 田耕纠正说，你们福镇就像一位到处乱搞的荡妇，又泼又辣。 陈凤珍给了田耕一拳头说，该死的，不准你骂福镇，好赖也是我的家乡呢。 田耕笑说，你家乡有一样最美。 陈凤珍问是啥？ 田耕让她猜。 陈凤珍想了想说，福镇在你眼里，准是姑娘最美。不然咋会娶福镇姑娘当老婆呢？ 田耕撇撇嘴说，自我感觉良好，就你这五大三粗的也叫美，那天下没有嫁不出去的姑娘啦！ 陈凤珍笑着捶他。 田耕笑着说福镇雪最美。 陈凤珍挺服气，情不自禁地往外看，层层叠叠的雪梁子像雪雕似的。

一大早儿，陈凤珍给婆婆熬完药，就去县政府找宗县长，路上她想了不少诉屈的话。 她相信宗县长会大发雷霆，帮她出气，给她调回来，或是将老宋调走。 她在办公室见到宗县长。 宗县长本想听她汇报股份制的进展，却听她婆婆妈妈地告状。 她理直气壮地说着，就感觉宗县长脸色不对了。宗县长问，说完了没有？ 陈凤珍说，完啦。 宗县长没鼻子没脸地狠训她，你口口声声说，老宋和老潘他们欺负你，让你包塑料厂就是欺负你啦？ 依我看，反差越大越能显示股份制的力量！ 你说，老宋他们反对股份制怕丢权，有啥行为证实呢？ 人家不正是在干吗！ 我看福镇大有希望，有问题也是你有问题，怕困难，患得患失，你没听有人传言，说咱们团系统的干部干工作开始就是结束。 你这可好，没开始就想结束，想调回来，调哪儿？ 我看放你到幼儿园当老师都不合格！ 陈凤珍蒙了。 她脸上挂不住了，双眼汪了泪。 她讷讷地说，宗县长，我不是那意思。 宗县长果断地说，啥意思？
我不听你说，说好说坏没用，干好干坏才立竿见影！ 至于过
程嘛，自己去折腾！ 凤珍哪，干工作一着不慎，全盘皆输
哇！ 说完宗县长就被叫去开会了。 陈凤珍瞪着两眼呆坐。
她无路可退了。 可细一品宗县长的话，证实了宗县长对她是
寄予厚望的。 宗县长批评她越狠，就说明关系越近。 如果
自己真是无能，就顾及不了关系。 她不服输，从小就这性
子。 她惊叹老宋的手腕高明，明明是欺你走，还让你哑巴吃
黄连有苦难言。 这就是工作中的艺术，够她好好学一阵子
的。 她想学，想单枪匹马杀回福镇，真正尝尝大姑娘生孩子
的痛滋味，是坑是井都得跳了，别无选择。 陈凤珍回到家
里，替婆婆熬下最后一锅药就要走。 田耕说你不想回城生孩
子啦？ 陈凤珍说想生孩子跟我回福镇。 田耕咧嘴埋怨，你
疯了吗？ 陈凤珍冷冷地说，说得对，如果我在这一冬干不出
个名堂，你只有在年根儿去领疯老婆啦！ 说完她去了大街，
租了一辆汽车回福镇了。

　　一进福镇的街口，陈凤珍就从车里看见几个人在墙上贴
标语。 标语写道，大搞股份制经济大翻番。 她轻轻笑了。
她走到镇政府，听见人们私下议论股份制分工包厂的事，都
说陈镇长太吃亏了。 陈凤珍笑说没啥关系。 她越这样，人
们越替她鸣不平，感觉老宋一伙太霸道。 陈凤珍的沉默反显
出大家气。 她一进办公室，小吴就跟过来问她宗县长咋说
的，陈凤珍又拿出宗县长的口气批评他。 她叮嘱说，一着不

慎，全盘皆输！ 小吴说我听你的。 陈凤珍将桌上凌乱的报纸收拾好，坐下来稳稳神说，我们去草上庄，你开车就行啦！ 小吴问干啥？ 陈凤珍胸有成竹地说，先把我三姑的事办妥，然后再找老周、李继善他们谋划谋划，让塑料厂开工。 小吴忽然想起什么来说，那天晚上，老周和李继善不是说，搞了股份制，他们能承包吗？ 陈凤珍惊喜道，对呀，看我都忙忘了。 随后她又拨电话给潘老五说，老潘，赔李继善草场损失费啥时给？ 潘老五说哪儿都缺钱，又来要债的啦，让他们先等等吧！ 陈凤珍唬他说，你再不给，人家法院可就责令你顶财产啦！ 潘老五说，别逗啦，给法院仨胆子也不敢！ 张院长刚派人要过大米呢！ 陈凤珍放下电话叹口气说，这个潘老五，让我咋见李继善的面儿呢？ 小吴说再想想别的法子吧。 陈凤珍让小吴备车去草上庄，硬着头皮也得去了。

上午出日头了，到处都水啦啦地化雪，平原上的残雪晒成浅灰色。 陈凤珍望见汽车的泥轱辘甩下两道弯曲的车辙，辙印子扭来扭去，一直拖到草上庄村头才甩掉了。 村头有一块洼坑，下雨积水，落雪积雪，他们的汽车到那儿就陷住了，小吴猛打火也不行，围了不少村民看热闹。 陈凤珍下车来招呼着人推车，愣是没人上手，还有一位半疯半癫的老头呸呸地说，这些贪官，上午围着轮子转，中午围着盘子转，下午围着骰子转，晚上围着裙子转。 逗得村民笑。 陈凤珍瞪那老头一眼，老头还旁若无人地呸呸。 这时后边顶上一辆双排座车，下来村里一个支委见是陈镇长，就组织村民推车。 汽车驶出老远，陈凤珍还看见那老头站在村口吹呢。扭回头，她看见三姑家的门楼子了，车就停下来，她又看见门楼和墙头上的艾叶了。 憔悴的艾叶被化雪濡湿了，耷拉着摆动。 陈凤珍看艾叶的时候，姑夫从屋里迎出来。 姑夫笑呵呵地将她和小吴带进屋里，说东房里你三姑正上香呢。 陈凤珍一进屋就闻到香火味了，她不喜欢这种气味。 她这时想起，福镇入冬以来的难闻气味，也许就是这种味道。 虽然不爱闻这香味，但陈凤珍是爱三姑的，三姑百病缠身，够可怜的。 由于道儿不远，她小时候常带凤宝到三姑家玩，后来她当了镇长，听说三姑成大仙了，就不敢常来了。 三姑夫是老实巴交的好庄稼人，几十年为三姑治病，几乎熬干了骨血。如今他苦尽甜来，再也不下地做农活了，每天背着钱兜子坐在家里收钱。 陈凤珍看见满屋挂着牌匾，都是受益人送的，写着感激陈大仙妙手回春一类的话。 陈凤珍弄不明白，三姑这里为啥比父亲的药铺还火？ 她问姑夫，姑夫说这里从来都给人带药的。 药就是一罐子白水。 小吴问这白水能治病？姑夫挺神秘地说，这哪里是白水，是神水哩！ 大仙将香灰点进来，边点边数唠各种中药名，病人拿走就当药去喝，每两天才能喝一小口，病慢慢就好了。 陈凤珍问姑夫，这水是哪儿弄来的？ 姑夫用手指指前院里的压水井。 陈凤珍笑道，这井水喝了不坏肚子吗？ 姑夫说是神药咋会坏肚子呢？ 陈凤珍说我倒要看看三姑咋唬人。 姑夫说上香的时候，你三姑认不出你来。 陈凤珍挑开门帘进了东屋，三姑果然没认出她来，屋里烟气腾腾，三姑正摇动枯瘦的长臂给人看前程。 那人很虔诚地坐在三姑对面，升腾的香火将他和大仙的脸隔开了。 那人问大仙道，我要搬家往哪边搬好？ 大仙说西南方。 那人又问婚姻咋样。 大仙说香火若分若离还是拧在一起，打打闹闹分不开！ 那人挺服气，又问啥时间离婚好。大仙说仙人不拆姻缘，凡人自拿主意。 陈凤珍听三姑变了腔，很像狐狸的叫声。 也怪，香火一灭，三姑就恢复了常态，声音恢复了原样。 那人好像是老板，塞给姑夫一张百元的票子走了。 三姑认出陈凤珍来，就站起身来打招呼。 坐在炕沿等候的人纷纷跟大仙溜须，都嚷嚷先给自己看。 三姑看陈凤珍脸色不对，猜出有急事，就跟陈凤珍到西屋来，姑夫也跟过来。 三姑问，有事啊凤珍？ 陈凤珍冷冷地说，别干啦三姑！ 三姑愣了眼问为啥！ 这时候三姑夫疑心陈凤珍父亲怕挤了生意捣鬼呢。 陈凤珍说，上头不让干的。 然后她让小吴将检举上告信念给他们听，姑夫软软地蹲在地上。三姑老脸寡白说，凤珍给说说情呗，你当镇长，三姑还没沾上一点光呢。 陈凤珍说，民不举，官不究，认了吧！ 我帮不上忙。 说完硬硬地给三姑一个冷脊背。 三姑坐在炕沿儿，掏出长杆烟袋，吧吧地抽。 她吐口烟说，凤珍，你三姑做善事呢！ 给人治病，给人看前程，昨天还给镇上工厂看风水，俺哪儿错啦？ 陈凤珍愣了。 问她谁让你给企业看风水啦？ 三姑夫说是潘老五请去的。 陈凤珍瞪目结舌。 小吴好奇地问，你看塑料厂风水咋样？ 三姑说以前太凶，这阵儿行啦，厂门口的浅水渠挖对啦！ 陈凤珍想起夏天泄洪，在塑料厂门口挖了条浅水河。 小吴高兴，又问玛钢厂咋样。 三姑说凶。 小吴还要问下去，陈凤珍拿眼神将他逼住了。 她竭力排开三姑仙气的干扰，果断地说，不管咋说，这是迷信！关门吧！ 三姑夫狠狠地说，啥叫迷信？ 神好退，鬼难送哇！ 陈凤珍故意不理他，她看见三姑泥胎一样端坐，眼睛很深，很忧郁，三姑夫又拿神仙吓陈凤珍。 三姑一抡烟袋锅，扣在老头的腮上说，你算哪路神仙？ 牛槽里多出驴脸来啦。三姑夫怯怯地退下来。 三姑问陈凤珍，俺开这号影响你前程不？ 陈凤珍无语。 小吴说影响可大了，弄得陈镇长不硬气。三姑一字一句说，那就关门！ 陈凤珍看见三姑双眼流泪了，陈凤珍劝说半天，三姑呆坐流泪不说话，伸手拿红布将身边的神龛盖上了。 陈凤珍和小吴走出三姑家，汽车开动时，他们听见哀哀的哭声。 陈凤珍脸颊一片火热，眼皮子也湿了。

　　走进李继善家，陈凤珍看看表都晌午了。 李继善笑说，找老周去村口酒店吃饭。 陈凤珍说就在家里吃便饭。 李继善说在那里吃啥有啥。 陈凤珍说家里有啥吃啥。 没听村口老头骂咱是贪官嘛！ 小吴摇头笑着，这村还他妈真有能人，编得挺有意思。 李继善说，那是个神经病，你们别往心里去，说你们二位是贪官，那打死俺也不信！ 陈凤珍叹息一声，逗小吴说，那老头是不是冲你编的？ 坦白交代！ 小吴支吾说，要说轮子盘子骰子我转过，至于晚上的裙子就没有转过啦，我不会跳舞！ 陈凤珍话里有话地笑道，你别遮盖，这转裙子可不仅仅指跳舞哟！ 小吴摇头说，那指啥？ 既没权又没钱，小妍都找不到。 都笑着，李继善的孩子将老周叫了来。 老周又往酒店拉他们，陈凤珍推辞了。 李继善父亲将陈凤珍让上土炕。 请客上炕，是平原农村的最高礼节。空心土炕连着锅灶，烧饭烟火，穿过炕底的火道，从墙壁直达屋顶的烟囱冒出去。 陈凤珍盘腿坐在炕上，从身下到心里都暖烘烘的。 不一会儿炕桌就放上来，桌上摆满白菜炖粉条和千层饼。 陈凤珍说吃这最好，就不喝酒了，吃饱饭咱们商量塑料厂的事。 李继善心里歉歉地说，陈镇长为俺们打官司追赔款，操尽了心，到俺家里吃这个，俺心里过意不去呀！陈凤珍红了脸说，别提官司啦，到现在也没兑现赔款，我这当镇长的也不好意思哩！ 李继善说那不怪镇长。 小吴说，临来时陈镇长还催潘经理呢！ 老周问，潘经理咋说？ 小吴说他总是应着，就是不知拖到猴年马月。 这家伙，有啥道理好讲啊！ 这不，又给陈镇长和我挤到塑料厂来啦。 陈凤珍止住小吴话头说，不能这样说，现在是困难时期，大伙铆劲儿往前奔，才有希望！ 老周和李继善忙点头。 然后就没人说话，都吃饭。 正吃到半截儿上，村支书看见门口的汽车，以为是小吴来了，进来一打听才知道有陈镇长，就派村治保主任到酒店买些酒菜来。 村支书先进屋跟陈镇长说话，治保主任端着鱼肉进来。 村支书这官是陈镇长给保下的，他见到

陈镇长想表示点心意。 陈镇长来村里也不打个招呼，村支书
埋怨说。 陈凤珍已经吃饱饭说，我来村里是解决三姑的事，
怕给你们吓着。 村支书问咋样？ 陈凤珍说她关门啦！ 村支
书叹一声，也有人吸凉气。 村支书说是不是到村委会歇着？
陈凤珍笑说，这热炕我坐舒服了，就在炕头上商量事，土是
土了些，可心里踏实呢！ 然后她就往塑料厂开工的话题上
引。 老周是潘老五发现提拔的，他借潘老五的光，该捞的全
捞到了，在农民企业家称号底下挣了钱。 塑料厂亏损关门，
厂长个人却是很肥的，而扔下的烂摊子则属于镇里的。 这是
乡镇企业的一大通病。 陈凤珍十分明白这些，唯有她还看中
老周，就是发现他对塑料厂有感情，还想干实事。 陈凤珍试
探着问，老周和老李在上次说个人承包，可行吗？ 老周摇头
说，俺问过潘经理了，个人承包要先注入一百万元的风险
金。 这些钱，我和老李哪去弄？ 陈凤珍说，搞股份制，厂
长和副厂长们个人注入高于工人的股份，而且效益与分红挂
钩，可行吗？ 老周说这样行。 陈凤珍说，老周还当厂长，
老李当副厂长，原来的副厂长老周看着留。 人员先这么定
了，关键是看一下塑料的市场。 上次搞增收节支，我就看塑
料行情不好。 老周，现在还行吗？ 老周说疲软得很呢。 陈
凤珍沉默不语。 小吴说，股份制也好，人员改革也罢，都是
形式，形式搭台经济唱戏，塑料市场完蛋，一切努力都白
搭，还会背上更大包袱的。 屋里人都点头。 陈凤珍把脸扭
向窗外，她的心思跟屋里不搭界了。 她看见了挂在墙头上成

串的玉米棒子，也看见遮住阳光的棉花秸垛。 她眼睛一亮，扭回头来说，大家是不是往农业上想想，咱乡镇企业两眼光盯着工业，弄不好就背个大包袱，而农业呢？ 被忽视了，投资少收益大，船小好掉头嘛！ 小吴说，陈镇长的意思是转产？ 陈凤珍兴奋地说，对，转产，利用塑料厂的厂房干别的。 村支书说，现在粮食加工和棉花加工看好，咱这是三镇交界处，没一个这样有规模的加工厂。 俺村里想上，集了些资，还不够哇！ 陈凤珍说，那就跟镇里合股吧！ 如果转产，可以变卖塑料厂的机械，然后添些粮食加工的机械。 村里投资入股和工人集资入股，就能把加工厂运转起来。 老周和李继善都说好。 陈凤珍说，从卖塑料厂机械的资金里拨出四十万，给这几户赔偿草场损失费。 李继善问，那潘老五会干吗？ 陈凤珍说，我当镇长，这点事还是当得了家的。 塑料进口垃圾引发的官司，自然由塑料厂还！ 李继善看老周情绪不对，忙说，真的还咱四十万，我们就往加工厂入股啦！那几户俺去做工作。 陈凤珍和老周都笑起来。 陈凤珍对老周说，赶紧张罗卖旧机械，购置加工厂的设施，回头写个报告给我，我向镇党委汇报！ 老周说，俺们下午就去塑料厂！陈凤珍感觉双腿在炕头坐麻了，走下炕来，险些瘫在地上，由小吴搀扶着上了汽车。 化雪天，屋里暖风扑面，到了外面，陈凤珍依然感到冬天的寒冷。 汽车路过三姑家门口时，陈凤珍看见门口没有车辆，那股难闻的气味消散了。 出了村口，陈凤珍心情格外好，就让小吴唱一支歌，小吴就唱了一首《小芳》。 陈凤珍听得正上心，觉得有股热气扑在她额头上，热热的。 她在想，啥时候才能把热流带进福镇冬天的梦乡？

陈凤珍和小吴又去塑料厂看了看，回到福镇已是傍晚。陈凤珍说去找潘老五说说想法。 小吴想想说，不能让老宋他们太兜底喽，否则又该生事了。 陈凤珍想想也对，工作得讲策略，跟他们玩玩袖口里捏指头的把戏。 在镇政府门口，她看见弟弟凤宝坐在三轮摩托上等她。 她问凤宝有啥事？ 凤宝说爹叫你晚上回家过扁食节。 于是陈凤珍就跟弟弟回家了。 她一进家门就看见父亲和阿香在包饺子，她洗洗手也上来着手包。 扁食节是纪念民间名医扁鹊的，陈凤珍从小就听父亲说扁鹊来福镇行医的故事。 有一年寒冬，雪花纷飞，福镇有寒流，不少人得了冻疮，扁鹊得知后来福镇治病，给人们熬祛寒娇耳汤，就是把羊肉、生姜、辣椒与祛寒中药掺在一起做馅包饺子，病人吃下就好了。 早些年福镇家家过扁食节，这些年只有中医世家过这个节了。 陈凤珍知道父亲很看重这个节日，父亲也是福镇的名医。 正包着饺子，父亲耸起弓一样的眉毛说，你三姑夫下午来告你状啦，说你把他家营生封啦，骂你胳膊肘往外拐！ 陈凤珍问父亲，您咋说的？父亲说我没给你姑夫好听的，整日装仙弄鬼的给我们老陈家丢人！ 陈凤珍知道父亲一身正气，听父亲说的话挺过瘾。父亲一字一句地说道，我跟你姑夫说，缺钱花到我这拿，也别蒙人啦！ 你姑夫说，你三姑不上香就得病，我说得病也是你挤对的。 你姑夫可是个老财迷呢！ 陈凤珍就笑说，有人告到县里，要不谁有闲心管这破事儿。 这时候凤宝说水开了，就往锅里噼里啪啦下饺子。 陈凤珍问了问糊涂爷的病情，就去父亲屋里看那些新做的立佛丹。 一颗颗圆疙瘩，在灯影里放光，整一案子药丸子，陈凤珍还能辨认出有六颗丸子很特别，猜想准是拿红兔子眼做的，是父亲专门给糊涂爷的。 父亲佝偻着腰进屋，陈凤珍一问果然是。 她知道，这些天父亲和凤宝夜里打兔子，等了多少天才碰上红兔子，父亲将祖传的药书也翻箱倒柜地找出来，昼夜翻弄着，终于做成了这几颗立佛丹。

陈凤珍又顺这根筋想远了，想到医治福镇经济的立佛丹，想象都搞了股份制以后是啥局面。 父亲插言说，啥局面？ 这年头人心不古，都变得不像原来的人啦，能好哪儿去？ 就说潘老五吧，我跟他爹潘老爷子早就熟，从小看潘老五长大的。 说良心话，潘老五在十年前创业建厂还是挺好个孩子！ 这会儿可好，这兔崽子五毒俱全啦！ 陈凤珍知道父亲得了肺气肿病，听了不对心思的事就生气。 她劝说，你别骂人潘老五，人家是咱福镇改革开放的带头人，省劳动模范。 父亲呸了一声说，啥带头人？ 啥模范？ 这年头敢送礼敢花钱就能买来！ 我才看不起这号人呢！ 凤珍哪，你当镇长的可别跟他们同流合污！ 小心你爹骂你！ 陈凤珍笑说，您老少操这份闲心吧。 潘老五是招您惹您啦？ 父亲板着老脸说，你还护着他，虽说我是听买药的镇里人说的，可那无风不起浪！ 他挥霍公款搞小妍我老头子见不着，可那天夜里找狗的事，我是亲眼所见哪！ 陈凤珍愣起眼问，找狗的事？ 父亲说，半月前的夜里，潘老五家的法国狗跑丢啦，潘老五从三个厂子抽出上夜班的工人十八名，分头找狗，找不到扣奖金，你说霸道不霸道？ 陈凤珍笑着问，你咋知道这么详细？ 父亲说，我和凤宝正在雪夜里打兔子，碰着找狗的工人啦！ 那工人开始挺横，说见着长毛狗别开枪！ 我说见着四条腿儿的就开火！ 那人刚要急，一晃手电认出我来，才客客气气地诉屈。 陈凤珍没再说话，坐在灯下发呆，只觉心上郁结了一股寒气。 直到她吃上祛寒娇耳饺子，浑身才暖和了。 父亲草草吃上一些饺子，说要去敬老院给糊涂爷送饺子。 陈凤珍站起身说，我去吧，外面路滑。 然后她挎着篮子出了家门。 她额头的热汗不用擦，转眼就被北风吹干了。 她怕撞见熟人费话，躲躲闪闪地走着，街灯在寒风里不住地闪动。

夜里又下雪，雪不大，可下起来就没完没了，直到第二天上班也没停下来。 陈凤珍没理会这场雪有啥不好，而对于潘老五却是富有灾难性的，这将给福镇带来怎样的影响，谁也说不上来。 陈凤珍早晨上班后就被宋书记叫到屋里，宋书记告诉她潘老五出事了。 昨天夜里被矿上的人掏走啦，那时刚好下雪，那边留下一封信，不还上拖欠的煤款一百二十万别想取人。 陈凤珍叹一声说，都怪老潘死鸭子嘴巴硬，我早有预感会出事。 哎，老潘不是有老徐当保镖吗？ 宋书记说，他是从小敏子家被掏的，早晨起来，老潘的媳妇就找小敏子打架要人，给小敏子脸抓得流血！ 老潘媳妇又找我哭啊号的。 唉，都乱套啦！ 这个潘老五啊！ 陈凤珍没加评论，她怕言多有失，说多了还会被老宋认为她幸灾乐祸，毕竟潘老五是他的心腹。 宋书记见陈凤珍不拿意见，脸就沉下来说，你看咋办？ 是不是得开个紧急会议研究一下？ 陈凤珍说，还研究啥，拿钱换人呗！ 宋书记等的就是这句话，他说自己高血压又犯了，医生嘱咐不要出远门。 陈凤珍听出老宋的话外音，想让她带人带钱换潘老五，又不好直说，看来老宋也不是啥事都专权的。 陈凤珍在心里做好了去山西的准备，可就是不跟老宋明说，急得宋书记在办公室团团转。 老宋又分析说，如果我们福镇的主要领导不去，恐怕那头还会不依不饶的。 正这节骨眼儿，老王推门进来。 老宋就赶紧给老王戴高帽儿鼓动他去山西。 老王哭丧着脸说，救老潘是我的分内事，老伙计出事还能看热闹？ 不过，这几天我家里正装修房子，大小子准备结婚，缺这个少那个，都得我去跑腿儿。 老宋刚要再说，老王腰里的 BP 机响了，老王趁机回电话溜了。 陈凤珍心细，她听出老王 BP 机响音是均匀的连声，只有自己按动红键才发出的声音。 她觉得老王好笑。细一思忖，都说山西好风光，可解决这场纠纷不是观光，是够叫人怵头的，加之潘老五素质差，不时会让你当众出丑丢面子。 镇长在当地算个人物，可一离开福镇又算个啥？ 她想起自己刚来福镇的时候，出差去北京。 在北京车站排队买票，人群疯了一样地挤，她简直支撑不住了，同行的镇文教助理小马冲人群嚷道，都别挤啦，这是我们镇长！人群立时哄笑了。一位手提公文包，被挤出人群满地找鞋的人说他是处长，不进北京不知官小哇。当时陈凤珍脸就红了。陈凤珍想去山西遭这个难，不是迫于老宋的压力，而是有了争取潘老五的想法。人在难处拉一把，将会记住一辈子。陈凤珍瞅着老宋那一脸褶子说，我去接老潘吧！宋书记意味深长地笑了。

都说奶大压不死娃，像福镇这样的富镇，前几年凑百八十万块钱，还是小菜一碟。如今凑这一百二十万，可难坏了陈凤珍。她看出这步棋了，谁去山西谁找钱。潘老五从珠海要回的二百万，往企业一分，如泥牛入海不见啥动静，这次往回拽就比登天还难了，费了九牛二虎之力才凑上八十万。余下的四十万咋办？陈凤珍愁眉不展的时候，小吴说去露透社看看。没有找到小敏子，小吴又出主意求援潘老五的老婆。小吴猜测潘老五家里至少有三百万存款。陈凤珍瞪小吴说，他家有钱也不敢拿出来呀，那还不出了虎窝进狼窝呀！正上下为难的时候，小敏子听见风声来找陈凤珍。小敏子脸上的血条子已经浅淡了，但两只眼睛如熊猫似的黑了两个大圆圈。小敏子要求自己跟着去山西，陈凤珍答应了。然后小敏子就说她借了四十万块钱，是从镇里基金会借的，说镇基金会的余主任是她表兄，跟潘经理关系挺好。陈凤珍连声说好，让小敏子回家准备动身。小吴见小敏子走远了，就大发感慨，瞧人家潘老五多有福气，看来小敏子对他是真心的好！　陈凤珍也赞叹说，有这样一位红颜知己，潘老五值啦！　看来，余主任也真帮忙，这阵的基金会也够紧的！回来让老潘堵上钱！　小吴却与她的看法不同，听说余主任跟小敏子也有一腿呢，不看僧面看佛面嘛！　陈凤珍骂小吴，你别瞎说！　我倒是怀疑是小敏子自己的钱存到基金会了，余主任才敢借她！　小吴沉下心来说，也有这可能，这些年老潘可没少给她钱呢！　陈凤珍疑惑地自语，有这么多吗？　小吴十分认真地说，这还多？　听说北京死的一个贪官，给情人的钱都是上千万的呢！　陈凤珍从窗口看见小敏子提着皮箱来了，就赶紧打住话头。　她这次去山西做了多种准备，小敏子去了更多一套方案，她是镇长只能讲道理，关键处让小敏子犯浑也许会管用。　她让小吴留在镇上，盯紧塑料厂改造转产的事，就在黄昏落雪时分动身了。　跟随陈凤珍的除了小敏子，还有镇政府办公室刘主任以及镇农工商总公司的会计小兰。陈凤珍一行劳累都不怕，怕就怕矿上翻小肠，怕他们见了钱仍胡搅蛮缠，因为潘老五酒后伤过人家。　这回任人家横挑鼻子竖挑眼，处处给咱小鞋穿吧。　谁知一到那里，情形有变。原来，有一天夜里，潘老五依旧不服软儿，口口声声说甭想要款，上次挨了打的矿长助理想出治潘老五的招子，就派人将潘老五装进一条麻袋，放在拉煤的小拖车后斗，在矿区河边颠了一宿。　小拖车跑一段，那人就问潘老五一回。　傍天亮路过一个沟坎子，车颠得潘老五鬼叫，连说还债还债。　对方将潘老五拖出来，潘老五瘫软如泥，裤裆都湿了。　送到矿区小诊所一查，潘老五的腰折了，腰椎神经阻断，需要进行大手术。躺在矿诊所的潘老五痛得哼哼呢，见到陈凤珍一行眼泪就下来了。陈凤珍发现潘老五脸白得像骨头。就这样，不给钱也别想取人。陈凤珍说告他们人身伤害，对方说你们还伤过俺们呢。陈凤珍见对方挺硬，则软硬兼施，说就凑来八十万块钱。老矿长怕潘老五治病让他们花钱，就应承下来，说那四十万回头再还。其实，双方心里都明镜儿似的，四十万块不会再有人提起了。陈凤珍从当地租了一辆救护车，一行四人护送老潘去北京住院。只能去北京，小医院做不好手术，老潘就下肢瘫痪了。小敏子说好在还剩四十万块钱呢。老潘又抓拿不住地说，到北京跟到家一样，我老潘朋友遍天下，没钱也能先住院。小敏子猛然想起北京某医院院长每年都来福镇拉大米，那就住这个医院，还能请个名医来。陈凤珍这样说，只要能治好老潘的病，花多少钱都行！潘老五听着她的话心里热乎乎的，不管是真心还是假意，有这句话还咋着？陈镇长注定不是这条线上的人。小敏子见潘老五还拢着自己那一套，就把陈镇长为营救他操心费力的事说了。老潘知道小敏子跟他没假话，这样一听倒真的招架不住了，他不敢看陈凤珍的眼睛。潘老五又说凤珍哪，五叔这回可看清好赖人啦！人在难处见人心哪！过去我受老宋的撺掇欺负过你，给你出了不少难题。谁知你个女人家比咱大老爷们儿心路还宽，会有大出息哩！然后他就伸长脖子骂老宋老王，骂他们王八犊子装人，不见兔子不撒鹰，没良心! 陈凤珍劝他说，别生气呀老潘，你多虑啦，我向来都把你当自己人! 她越这样说，老潘听着越难受。 他依然没撒开手说，咱福镇盼着我潘老五倒运的人很多! 听说我这样子，不知有多少人笑呢! 其实，幸灾乐祸的该是凤珍你才对，谁知你从不记恨人，只想着福镇的工作。 我老潘是个粗人，老秃子做和尚将就材料，再就是走道捡鸡毛凑足了胆子。 都拍拍胸脯的四两肉，没我折腾，福镇有现在的规模吗? 都有气，端着碗吃肉，放下碗骂娘。 凤珍，你不知内情，多少任镇长书记从我手里发达了，唯有你不黑不贪。 往后我拥着你干啦! 陈凤珍说，别这样说，你好生养病吧! 她感觉手被老潘攥痛了，想抽回又怕老潘多心。 潘老五将陈凤珍的手越攥越紧，说，凤珍哪，你有前途，但要明白，现在升官一要靠关系，朝里有人好做官;二要靠钱，有钱能使鬼推磨;末了才轮到这工作政绩，是不? 别看这话挺俗气，却跟臭豆腐似的，闻着臭吃着香呢! 等我好了，五叔出钱出物，为你打通上头关卡，咋样? 陈凤珍苦笑着。 小敏子暗暗拧了老潘一把说，都瘫了还不忘放毒! 潘老五哎哟了一声，陈凤珍以为他腰痛了，就拥他。 潘老五叫出声的时候才将手松开了。 其实小敏子又犯醋劲儿了，她知道潘老五说话爱攥女人手，瘫着身子也不改。 陈凤珍显然对潘老五的热肠子话反应冷淡，她到福镇来好像就为升官似的，这是她老家，如果拿老百姓的钱去买官，这官做着有啥意思呢? 她为潘老五的说法打了个哆嗦。 别人也许这么干，我不干，一个女人家官升则升，升不了就当一个好妻子。 她真这样想。那天她在报纸上看到一个报道，说某地区一位女副专员贪污行贿进了监狱，她当一个粮店主任时就敢贷款送礼买官，一直买到副专员，做了官再贪污偿还贷款。 陈凤珍颇不理解这个女人，好像不升官一辈子就不活了？ 她不是不想升官，得看咋个升法。 入冬以来她在股份制上押了注的，为的啥？潘老五猜不透陈凤珍在想啥，但看得出她对自己这套不感兴趣，就叹一声说，凤珍，我知道你们瞧不起我，但又拿我没办法，应付应付罢啦，对不？ 可我跟你一样心情。 王八蛋才不想把福镇搞好哇！ 陈凤珍看见潘老五眼圈又红了，说，别激动，你是福镇的功臣，谁小看你啦？ 别猜七想八的。小敏子也说他，你这人坏事就坏在这张破嘴上，快留口唾沫暖暖自己的腰窝子吧！ 潘老五叹一声蔫下来，让小敏子给他点支烟。 陈凤珍知道潘老五眼下最怕啥，虽然他没点破。他怕自己站不起来，由此失去福镇江山。 小敏子嘴上不说，却能看出她心里也怕潘老五真的瘫了。 陈凤珍忙给他们宽心说，老潘啊，做完手术，养好身子就快回，没你撑着，我可弄不了那摊子！ 潘老五嘴角渐渐浮了笑影说，别愁，咱不是稀泥软蛋，别看我在北京治病，福镇的事也能遥控！ 这牛皮不是吹的！ 小敏子撇撇嘴说，都该归残联管了，还吹呢！陈凤珍笑笑说，我相信老潘有这个能力！ 趁着潘老五的兴致，陈凤珍跟他说了说塑料厂的打算。 潘老五说，你当家，你的意思就是我的意思。 陈凤珍心里讨了个底便不再提股份制了，不承想这股份制先将老潘给骨分肢了。 到了北京那家医院，陈凤珍紧一阵忙活，就等专家做手术了。 镇里来京一个车队看潘老五，老宋带着各厂厂长们来了，潘老五的老婆也到了。 潘老五没给老宋好脸色，又听说老宋将接他班的人都暗暗找好了，心里更来气。 老宋将铁厂朱厂长抽调到总公司，在老潘住院期间任代总经理。 其实，老宋是让老潘安心养病，谁知老潘却接受不了。 潘老五不好明说，嘴上大骂某些人过河拆桥落井下石。 老宋以为他骂陈凤珍那边人，也跟着附和。 他不知自己走错一步棋，不该让陈凤珍去山西。他想为难她，殊不知把手下干将让出去了，弄个肉包子打狗有去无回了。 老宋一走，潘老五就跟陈凤珍咬了半天耳根子。 本来，陈凤珍要跟老宋的车一起回福镇，这时接到田耕的电话，说他们薛行长到北京看老潘，她只好等田耕他们。田耕和薛行长一到，陈凤珍才知道，来了一帮行长。 不光是工行，农行、建行等行长都到了。 他们怕老潘瘫了，怕老潘死了，这样这些贷款找谁去还？ 陈凤珍看出这帮行长的心思，表面还得潘大哥长潘大哥短地叫，心里早没这份感情了。 薛行长直接问陈凤珍，老潘手术后能好吗？ 陈凤珍不置可否地笑笑。 田耕急赤白脸地说，不管老潘咋样，我们行的贷款由你盯着还上！ 陈凤珍不表态。 她学聪明了，这个时候不管她说啥，传到老潘耳朵里都不好。 薛行长叹息说，老潘瘫了，福镇也许能站起来，可我们不行，他完蛋我也完蛋！ 陈镇长可得帮忙啊！ 陈凤珍点点头，没说啥。 她说啥呢？ 搞股份制潘老五是碍手碍脚的，可眼下社会风气，没有潘老五这样的人也不行，她脸上现出极度的迷惑。 陈凤珍正想跟田耕他们回去，县委办公室打来电话，说县委书记陈东林和宗县长到北京看望老潘。 潘老五强留陈凤珍，他说等县里领导来了，他将给福镇动大手术！ 陈凤珍说，你的手术还没做，就想着给别人做手术啦？ 潘老五说，你不信我老潘？你要是不走，你会看见地委领导来看我！ 陈凤珍觉得潘老五的做派像一介武夫，却能勾连社会各界。 他说话还真有人买账，这家伙不仅仅是大肚罗汉一肚子屎了，有时这样的人也能成大事。 果然这几天就立竿见影了。 那天有个北京老板来看潘老五，闲谈的时候知道老板是搞旧设备转卖的，陈凤珍就把塑料厂的事说了，老板有意要。 陈凤珍很高兴，就说她先带老板回福镇，等老潘做手术那天再来。 潘老五说舍不得你们走，不过别误了正事，走就走吧！ 临行前，陈凤珍看老潘老婆和小敏子共同厮守不是办法，一山不容二虎，两只母鸡到一起还乱掐架呢，何况这俩人。 她就动员小敏子跟她一起回家，也免得县里领导见了影响不好，谁知潘老五就明来了，一个劲儿轰他老婆回去，说我这德行还有啥错误要犯？ 老婆无奈眼泪汪汪地跟陈凤珍回福镇了。

霜前冷，雪后寒。 陈凤珍一行赶到福镇时，正巧赶上一场大雪末梢儿，车一进福镇的地埝，雪停了，但冷得厉害。 陈凤珍好久没看见福镇的雪了，今天看见雪原，总想下车来走几步。 洁白的树挂一闪而过，使她分不清是霜还是雪。

陈凤珍这时真想到雪地里搭个雪屋，过几天不食人间烟火的浪漫日子。她欢快地说，等咱福镇渡过眼下难关，就搞一个冰雪节，不比哈尔滨差呢！然后就有冰雪节的场面在她眼前晃了。当她走进镇政府办公室，一大堆难题亟待解决的时候，她就再也不想雪景了。先陪着县里精神文明检查团转了半天，她还特别汇报了让大仙关门的情况，陪着人家吃午饭，县电视台的车又开进来了，找陈镇长要赞助，说他们正准备播一部关于股份制的电视剧，要求福镇点播。陈凤珍说好是好，可福镇眼下没钱。说没钱人家还不信，那伙人赖着不走。陈凤珍想了个主意，给他们打了个白条子，让他们先播。那伙人知道陈凤珍办事黄不了就走了。走时，陈凤珍让办公室给他们每人一袋大米。老规矩了，空手回县里他们不知怎么编派陈凤珍呢。陈凤珍这时才想起，该给县里部门准备年货了。今年她得亲自去送年货，去年她刚到基层不好意思，结果派办公室的送货出了岔头。首先是电力局、计量局没送到，弄得福镇电力不足、产品不过关，据说是没找到人，办公室小薄把东西落家里匿下了。还有一个更大的失误是给宗县长送的一筐河螃蟹。小薄将满筐活螃蟹往宗县长院里一放，说陈镇长的意思，没说啥东西，县长夫人以为是一筐苹果没有动，结果半夜里河蟹拱碎筐盖儿爬出来，爬得满院子都是，还有一大部分爬过墙头，到退休的老县长院里了。老县长得了便宜还骂人腐败。宗县长虽然不好直说，还是旁敲侧击地说陈凤珍年轻啊。陈凤珍的神经总是绷紧的，稍不留神就会出乱子。　下午老宋和陈凤珍听取各个厂汇报股份制进展情况。　从汇报上看，陈凤珍十分满意，各厂都动起来了，铁厂、瓷厂最好，职工们纷纷取出存款入股，就连停产的塑料厂也通过北京老板变卖了旧设备，新的粮食加工机械已购进，眼瞅着就要开工了。　就是玛钢厂没有动静，陈凤珍狠狠地批评包厂的老王，老王终于说了实话，他说潘经理有打算，说不搞股份制。　陈凤珍望了老宋一眼，老宋也绷着脸长时间不吭声。　陈凤珍感到了包袱的可怕。　她说，玛钢厂是颗毒瘤，不，是炸弹，不定哪天就会引爆的。　老宋哼了一声不服气，心里后悔没把她分到玛钢厂去。　这大气候你能抗得住吗？　陈凤珍说，玛钢厂投资太大，不好掉头，只好等资金咬牙上了。　她又对老王说，赶紧把资料准备一套，寻找合作伙伴！　老王说这招子早试过了，谁愿把鲜花插在牛粪上？　陈凤珍认真地说，谁说玛钢厂是牛粪？　老宋插言说，陈镇长说得对，就是牛粪，我们自己也不能小看！　老王，跟老潘商量一下，把玛钢厂弄活了。　老王叹息说，难哪，连老潘都瘫了，玛钢厂还有个活？　老宋说，谁说老潘瘫啦？　不是还没做手术嘛！　就是老潘真瘫了，福镇就不干经济啦？　然后他拍拍铁厂朱厂长的肩膀说，老朱也很有能力嘛！　现在我宣布，由老朱暂时代理老潘的工作！　总公司的事由他处理！　随后他一挥手宣布散会。　陈凤珍知道老宋怕她安插自己人，就先斩后奏了，一挥手就定了，连跟她商量都不商量。　她心里生气也没办法，在基层就是一把手说了算，谁让自己是二把手呢？ 要是有了为难着窄的事儿，二把手想逃也逃不脱。 十天以后，镇基金会出了乱子，老宋又将基金会余主任支到政府这边了。 余主任带来的消息和种种迹象表明，玛钢厂这颗炸弹引爆了。 老百姓积极响应股份制，要将存在基金会的钱取出来入股。 基金会哪有钱？ 钱都压在玛钢厂了，有几千万呢。 老百姓支不出钱，才知道基金会濒临倒闭了。 基金会不比银行，它是民间金融组织，一倒闭就完了。 老百姓急了，托门子找关系支钱，山西剩回那四十万都支光了，基金会就再也没有一分钱了。 支不到钱的储户领到一张白条子。 不知谁放风，说基金会倒闭了。 老百姓急红了眼，怕自己的血汗钱泡汤，追着余主任要钱，追得余主任东躲西藏满街跑。 找不到余主任，老百姓就将余主任家围了，拿他妻子、孩子和七十岁的老娘做人质，不给钱就不让孩子上学。 老太太心脏病犯了也不让出屋，眼瞅着快出人命了。 陈凤珍愣了愣，沉沉地叹口气说，这场乱子迟早会来，没想到会这么快，而且是搞股份制成为导火索。 看来这股份制台好开戏难唱了。 她问余主任，老宋咋说？ 余主任急出满嘴燎泡说，宋书记说他也想想法，让我找政府处理！他说他主要抓党务。 陈凤珍心想这号事老宋就不挥那一把手了。 她顶着火气说，上玛钢厂是老宋主持的，就让那些储户堵着老宋门口要钱。 余主任哆嗦着说，陈镇长，我们全家老小就指着你啦！ 陈凤珍说，我不是推，老宋他们也太气人了。 余主任赶紧附和说，老宋这人奸猾，他说这是由搞股份制引发的乱子，理应找陈镇长！ 陈凤珍一拍桌子也骂街了，这叫啥他妈理儿？ 走，咱们去找他，是他们盲目上马劳民伤财，还是股份制搞错了？ 我要拉他到县政府理论。 余主任吓白了脸说，别生气陈镇长，你这一闹不是把我卖了吗？ 陈凤珍气哼哼地到老宋办公室找人。 办公室的人说，老宋、老王带着潘老五的老婆去北京了，刚刚开车走。 陈凤珍都气糊涂了，她这才想起潘老五明天做手术。 她也应该去，这节骨眼儿不去，潘老五又该疑心她了。 要去，扔下家里的乱子出了人命咋办？ 老宋真拿得起放得下，连声招呼不打就走了。她犯难了，望着窗外的积雪愣神。 余主任看形势不对，就跪下求她。 陈凤珍受不住了，紧着把余主任扶起来，说我无论如何也不会撒手不管的！ 有啥算啥吧，救人要紧！ 然后她叫上小吴和镇派出所民警去了余主任家。 余主任躲在小吴的车里不敢露头，他看见陈凤珍他们朝人群走去了。 雪地是很凉的，屋里盛不下，院里的雪地铺上秫秸上都坐着人。 见陈凤珍来了，有人说天王老子来了不给钱也不走。 陈凤珍没理他们，带人径直奔屋里去。 余主任的母亲搂着儿媳和孙女落泪，见到陈凤珍就哭得上气不接下气了。 陈凤珍让小吴和一个民警抬老太太上镇医院，抬几步，门口就呼啦围了人。 陈凤珍想跟他们说软话讲道理，可又咋讲呢？ 储户取钱是天经地义的事，老百姓没错。 难道代表镇政府向百姓道歉？ 向他们说明盲目上马的失误？ 又不能。 那么老百姓就会把镇政府围了，敢在一宿之间抢了玛钢厂。 她在这刹那间，把自己豁出去了。 她镇静地说，大伙都进屋来，外面冷。 放老太太走，我替她留下，咱们商议还款的事。 然后她就在老太太坐的地方坐下来。 人们见陈凤珍真的坐下，一时愣神，小吴他们就将老太太抬出去了。 老太太一走，陈凤珍心里踏实许多。 余主任媳妇不认识陈凤珍，只是老宋常来家喝酒，她问老宋咋没来。 陈凤珍没好气儿地说，他去北京抓党务工作啦！ 提起北京，陈凤珍的心就悬吊吊难受了。 潘老五的性子她知道，就说处理这场乱子脱不开身？ 潘老五肯定不高兴。 那老宋咋能来？ 还是你心里没当回事。 如果老宋他们再添几句坏话，这些天算白忙乎了。 不能输给老宋。 这一刻，陈凤珍忽地想起一层关系。 潘老五最听小敏子的，而眼下她营救的老太太就是小敏子的大姨，余主任是她表兄，她要趁老宋他们未到京前，给小敏子通电话，就说老宋如何如何，就说自己被老百姓围在她大姨家，然后再让余主任媳妇做个证明，现场气氛说服力强。 她一找皮包里的手机，发现小吴拿着呢。 在小吴赶回之前，老百姓赶她走她也不走了。半个小时左右，小吴他们赶回来，说将老太太安顿在医院打针呢。 陈凤珍拿出手机拨通了北京的电话，她啥都跟小敏子说了，说得小敏子在电话里传出哭腔，末了又让余主任媳妇说了几句。 陈凤珍见余主任媳妇哭得不行，就收回手机说，那头还吉凶未卜，就别给他们添堵了。 小吴悄悄地跟陈凤珍说，余主任不落忍，想进来换你，陈凤珍说不行，弄不好会出人命的，没见老乡们急眼了嘛！ 然后她就想脱身的办法。

她说得想法子找钱来，不然躲过初一也躲不过十五。 小吴说，从哪儿弄这么多钱？ 现印都来不及呢。 陈凤珍说少弄点给大伙压压惊。 然后她就给银行的丈夫田耕打电话。 田耕说，我的镇长夫人哪，那几百万都还不上，还贷款哪！ 陈凤珍可怜巴巴地说，先弄十万八万的，堵基金会的窟窿。 告诉你，我被围困了，跟你们薛行长说，帮这忙，年根儿钱先还你们，这回不帮忙，那几百万就没影儿啦！ 田耕说，这样说话合适吗？ 陈凤珍说，叫你咋说就咋说，你敢打折扣，明天就见不着你老婆啦！ 田耕赌气地说，见不着就见不着，你哪儿还有一点女人味儿呀！ 我妈说了，你要是不能生孩子就……陈凤珍急着问，就咋着？ 田耕胆怯了，支吾说，就只当我又多了个哥行儿呗！ 陈凤珍笑喷了，骂了句缺德的。小吴在旁边也听见了，哧哧笑。 陈凤珍问小吴笑啥。 小吴说镇长越来越像我的老大哥了。 陈凤珍大咧咧地说，爱像啥像啥，这阵儿给我来钱就行！ 田耕会办好的。 然后她让小吴清点屋里屋外储户手中的白条子。 清点完了，共有二十六万。 陈凤珍又分别给他们打了一个镇长担保条子。 老百姓拿着双白条子听陈凤珍说话。 陈凤珍说，我担保，钱跑不了，明天开始，先还大家的百分之十五。 储户们挺知足，千恩万谢地撤了。 陈凤珍望着老少爷们儿的背影，鼻子竟有些酸。 都走光了，她叹道，中国老百姓还是老实啊！ 小吴心情沉重，没有再说啥。 陈凤珍望天，是傍晚，天阴得居然像是后半夜，北风扑打着她的眼睛。

　　二十多天没有下雪，往年进了年关，瑞雪格外厚实。　福镇人喝了腊八粥，隔月的积雪融化尽，新雪不下来，陈凤珍预感父亲的小药铺又该热闹了。　她仿佛看见了空气中移动的病菌，好像又袭来那股难闻的气味儿。　不出几天，父亲的药铺子又昼夜响着炒药声。　不仅感冒的多，而且还迎接了像潘老五这样瘫痪的病人。　潘老五的手术砸了，终究没能站起来。　其实在专家会诊时就说没把握，因为潘老五的腰是肌肉与神经同时阻断。　潘老五沮丧了几天，后来陈凤珍去北京看望他时说，我家祖传的立佛丹兴许管用呢。　潘老五又有了希望，嚷嚷着回福镇治疗，还可以边工作边治腰，他就跟陈凤珍回来了。　这时已是年根儿了，潘老五这次住进家里了，其实家里是新盖的二层小楼，装修一新。　老婆将土暖气烧得挺旺。　平时他很少住家里，尽管小敏子那里条件差些，那感觉那味道不一样。　人就是这么个贱东西。　潘老五不大情愿，可老婆子挺知足，总算给家里保住个整人。　小敏子常到他家里来，老婆虽然脸上不高兴，但也不打架了，她知道老头子瘫着搞不了娱乐活动了。　潘老五家里几乎成了他的办公室。他每天坐在轮椅上处理日常工作，工作效率比先前还高了。陈凤珍发现老潘像变了个人，过去他啥事都显在脸上，吼在嘴上，现在深沉多了。　刚到家的第二天，潘老五就想到各厂转转。　老宋劝他歇上一冬再说，潘老五说歇上一冬黄花菜都凉了。　老宋听出他话里有话，细咂摸才知道他变了。　这个潘老五一瘫，疑心太重，竟连老东旧伙都不相信，难道是让朱厂长代理经理的事？ 老宋有些慌，反复解释，潘老五也不睬他。 老宋说陪他去厂子转转，潘老五冷冷地说，还是让陈镇长陪我去吧，你那儿党务工作那么忙。 老宋更加摸不着头脑，自从他瘫了，老宋一直忍让他。 后为陈凤珍给小敏子通电话，老宋一行一进病房，就让潘老五闹了一通。 老宋强装笑脸，心里骂，你个潘老五别跟我装爷，我是福镇一把手，说你是企业家你才是企业家，说你是臭狗屎你就别想上台面了。 陈凤珍也不知小敏子咋跟潘老五捅的词儿，使她痛痛快快出了这口气。 让老宋尝尝孤立是啥滋味儿，因为陈凤珍看得出，老王和朱厂长也暗暗往陈凤珍这边靠了。 陈凤珍在老王、老朱眼里变得有权了。 陈凤珍感觉到了，也开始品尝出工作的乐趣。 潘老五坐在轮椅上，指指点点地看着他一手建起来的工厂，眼眶子抖抖地想落泪。 他自顾自地说，这是老子打下的江山，谁他妈也别想坐享！ 别想把老子挤垮！老子还会站起来的！ 说完，他将南瓜脸埋进大掌里，呜呜地哭起来。 陈凤珍知道潘老五难受，就悄悄躲开了。 让老家伙哭个够吧，要知道，这是市场经济，并不是会哭的娃有奶吃！ 陈凤珍想，前些年商战胆子大了是英雄，往后则需要智慧了，可悲的是潘老五还没明白过来，她就想通过股份制改造他，能行吗？ 陈凤珍也是摸着石头过河心里没底。 没底归没底，陈凤珍目前还没找出哪个人物能将这一大摊子统起来。 从这理儿推一推，陈凤珍倒是真正盼着潘老五还能重新站起来。 潘老五在回家的路上说，要以高薪聘请陈凤珍的父亲当贴身医生。陈凤珍回家就找父亲说了，父亲一听就黑了脸骂，我才不跟潘老五贴身呢，有钱就能随心所欲？他买立佛丹，我卖！买我这人，做梦去吧！陈凤珍劝说父亲，也就是吃立佛丹呗，贴身医生也就是他从外边学来的洋叫法。父亲依旧不开脸，别跟我提潘老五，说破天，我是不放酱油烧猪蹄儿——白提！阿香听见风声了，悄悄把凤宝叫过来。凤宝拄着拐杖进屋就说，我给潘老五当医生，只要给钱多。父亲扭脸熊他说，你也别丢这个人！陈凤珍说，爹老脑筋该改改啦，你不去，就叫凤宝去吧，要知道潘老五对福镇经济很重要！凤宝欣欣地笑说，省得我大冬天去外地卖野药啦！陈凤珍心想，凤宝去也好，近来她听人反映，凤宝在城里卖假药。她知道这是阿香的主意，他拿走老爷子的真药卖，回来要如数交钱，卖了假药就归小两口支配了。她怕弟弟出事就说了他几句。凤宝嘻嘻笑着说，这年头的人认假不认真，不吹不骗，屁事别干！你看人家潘总，瘫着也还能呼风唤雨，这回说啥也得沾沾咱残疾人的光啦！陈凤珍笑着说，你去还不知老潘要不要呢。凤宝说，你就给我吹着点，吃了立佛丹，立地又顶天。陈凤珍被逗得咯咯笑。父亲叹一声躲了，冻缩的身子像一根风干的老木。陈凤珍就去跟潘老五商量，说凤宝来了也是用老爷子的立佛丹，潘老五摇着脑袋说，我不是信不过你家的立佛丹，而是觉着凤宝跟我后头跑不合适！陈凤珍笑说，有啥不合适？潘老五说，这不秃子头上长虱子明摆着吗，我瘫着，他瘸着，接客办事，别人还以为是一帮乌合之众黑社会啥的！ 陈凤珍想笑，见老潘挺认真地说话，强忍着没笑出来。 谁知凤宝就在外面听着呢，听到这儿也沉不住气了，拄着拐杖进屋来，嘴巴甜甜地喊五叔，又跟潘老五吹了一通，自己有啥治瘫痪的绝招儿，他说他表里兼治阴阳平衡，刮毒生肌，增筋展骨，中西医结合。他直说得潘老五咧着瓢嘴笑了。 潘老五便拍拍凤宝的屁股骂，侄小子嘴巴挺溜，你小子可别拿卖野药那套糊弄我呀！凤宝说，七天一疗程，准见效，不成你就辞了我！ 潘老五说，病急乱投医，谁知道哪块云彩有雨呀！ 然后就将凤宝留下了。 一连几天，人们发现潘老五的轮椅后面多了凤宝。凤宝的待遇升格了，他跟随潘老五出出进进，有时还陪客人上桌喝酒。 他随时给潘老五下药，凤宝对这样的环境适应很快，也觉着新奇，平时都不愿回家见阿香了。 他对潘老五也很卖力，将父亲为糊涂爷做好的立佛丹偷偷拿过来，每丸加50块钱，让潘老五吃下去。 凤宝说这是红兔子眼做的特效药。 老婆看着潘老五吃过药眼睛发红，害怕地说别吃坏了。潘老五照着镜子看见自己的红眼，感觉腰眼儿酥麻。 凤宝说这感觉就对了，然后他又在药丸里掺上一些西药。 潘老五吃过，在七天头儿上竟能在轮椅上一蹿一蹿地蹦高了。 消息像雪花一样，在福镇沸沸扬扬地传开了，有人喜有人忧。 这样闹腾了十来天，后来听说潘老五又不行了，腰也不酥麻了，更别提蹦高了。 潘老五沉着脸质问凤宝为啥？ 凤宝胡吹了一通，心里也没底了，心里骂，这个潘老五人隔路，病也跟着反常，怕这祖传的立佛丹栽在他身上了。那天镇上来个气功大师，凤宝领来给潘老五发功，开始吹得挺邪，弄得潘老五从轮椅上跌下几回，最后也没啥起色。潘老五心灰意冷了，一边吃着立佛丹，一边偷偷往草上庄大仙那里跑。潘老五瘫后就越发迷信了，总觉着陈凤珍的三姑挺神，掐算预测治病啥的都对路子。大仙还算出他能站起来，也算出他身边的小人。潘老五问小人是男是女，大仙说是男。潘老五眯眼一想就是老宋。陈凤珍后来听说潘老五坐汽车往县城跑了两趟，八成是要鼓捣把老宋调走。陈凤珍从潘老五嘴里套话，也没套出来，她就不去琢磨，装成一个心里不装事的新媳妇。进了腊月二十三，别的乡镇都蜂出巢似的放假操持过年了，福镇不行，捂了个把月的瑞雪不下，县里领导却是不断地来，考察班子的，视察股份制的。这天老宋通知陈凤珍说，宗县长要来福镇看看股份制开展的情况。陈凤珍愣了愣，宗县长来福镇为啥不跟她直接说呢？她刚刚跟宗县长通了电话的，他不说陈凤珍也猜出有啥事发生了。

这天一早就变天了。不是下雪，刮风。冷风将那股难闻的气味冲掉了。但陈凤珍感觉到，土啦光叽的街巷，又有新的病菌潜伏下来。她看到宗县长的汽车开进来，落了一层灰土，车都不像辆车了。老宋、陈凤珍和潘老五等人都在会议室等宗县长。宗县长问了问潘老五的病情，就听老宋的汇报，陈凤珍又补充了一些。宗县长没有对股份制明确表态，就说去各厂看看落实情况。老宋这时候还动心眼儿，说先去陈镇长包的粮食加工厂。 潘老五看宗县长发愣，就解释说，就是原塑料厂。 宗县长马上明白了，老宋明明知道这个厂是刚转产的老大难，还要第一个让他看，是不是冲陈凤珍来的？ 陈凤珍看宗县长脸色不对，就笑笑说，听宋书记的，他也没去过加工厂，就一起看看吧！ 她说这话时给小吴递眼色，小吴悄悄下楼，提前开车布置去了。 其实不用咋安排，陈凤珍心里有数。 眼下的加工厂可是鸟枪换炮了。 老周和李继善他们够能干的，生产一个多月，就扭亏为盈，获利十万。 好多农民往里挤，入股的不少。 陈凤珍是留了后手的。 她总在老宋面前给加工厂哭穷，是想申报减税，先取税前利，等有了后劲，再得税后利。 宗县长也不知详情，看陈凤珍挺爽快，就答应先去看加工厂。 老宋是看不起粮食加工厂的，认为是土打土闹没啥出息，潘老五也没咋看重这个厂。 一路上，他们当着宗县长的面直接拿粮食加工厂开涮取乐。 一进工厂，厂容厂貌就很有改观。 看过生产线，又看了生产进度表，听取了老周和李继善两个人的汇报，宗县长惊喜地笑了。 他看见老宋顿时沉了脸，潘老五坐大轮椅上惊讶了一下，满口称赞，俨然像个大干部。 陈凤珍捅他，宗县长还没表态，你倒先做结论啦！ 然后瞥一眼老宋，老宋闷闷地吸烟。 宗县长忽然认出李继善来说，你就是承包草场的吧？ 从跟镇政府打官司，到搞加工厂，是咋转过弯儿来的？ 李继善笑笑说，都是陈镇长一手操办的，咱平头百姓跟着干呗！ 然后他就介绍过程。 宗县长微笑着点头说，陈凤珍镇长是不是逼你们太狠啦？ 跟我告状，我替你们出气。 李继善说，哪里呀，感恩不尽哩。 宗县长瞟了老宋一眼回头又问，陈镇长干事是不是虎头蛇尾呢？ 李继善摇头。 宗县长又问，那小吴呢？ 李继善又夸了半天小吴。 老宋装作没听见，但内心犯嘀咕，是不是自己平时说团系统干部的话，传到宗县长的耳朵里去了？ 宗县长扭头问老宋有啥看法。 老宋淡淡地说，还可以吧。 宗县长当即纠正说，不能说可以，是成功，是突破！ 从这个厂的变化，我们不仅看出股份制的活力，而且给全县提供了一条方向性的经验，就是乡镇工业与农业的联姻。 过去，我们盲目上马了一些工业项目，弄不好背包袱，而把眼光瞄准农业产品加工，是我们过去忽视的！ 他说到这里又问潘老五，你说呢，老潘？ 潘老五也变乖了，点头说好的同时，又说自己在北京为塑料厂变卖旧设备时，也想变变路子，不过，没有宗县长站得高看得远。 老宋越瞅潘老五越来气。 陈凤珍看出潘老五并不超脱，这样了还紧抓挠，他怕退出福镇经济舞台。 宗县长把秘书叫到跟前说，回去通知政研室，到这里搞个材料，年后在这儿开现场会！ 然后宗县长又看了看其他工厂，午饭后准备回县里，临行前单独跟陈凤珍征求意见。 陈凤珍很平静，她早已过了领导夸几句就激动的年龄。 提起老宋，陈凤珍没有说啥，她猜想宗县长已经心里有数，况且潘老五把她的话早说了。 宗县长走时鼓励她明年得挑重担子了，她就明白老宋在福镇站最后一班岗了。 陈凤珍就要成为第一把手了，心情却高兴不起来，如果说是潘老五鼓捣走了老宋，她又有啥值得高兴的呢？ 加工厂的转机能说明股份制在福镇的成功吗？ 快过年了还不下雪，福镇还能称为大雪之乡吗？ 她连续问自己几个问题。

第二天福镇农工商总公司召开董事会。 会议由董事长兼总经理潘老五主持。 这是年前的最后一个会，也是总公司的第一个董事会，研究决定玛钢厂命运。 眼下看，玛钢厂是福镇经济的核心难题了。 陈凤珍和镇里领导都不参加会议，怕行政干预影响董事会。 陈凤珍试图通过这第一次董事会，将这些农民企业家行为方式纳入经济规律。 各厂厂长都是董事，陈凤珍怕他们不懂董事的权利，专门召集上来学习。 会后她还找到铁厂朱厂长、加工厂厂长老周说了说，让他们依据自己的经验，说出自己意见。 不怕错，关键要培养这种意识。 厂长们都满口答应，说我们盼着股份制，我们厂入了股，就是要行使权利的。 说得挺好，到了会场就霜打了一样蔫下来。 会议开始就冷了场，潘老五没敢先表态，瓮声瓮气地启发大伙，他越装深沉，董事们越紧张，不知谁挑头说了句听潘董事长的。 老潘说，我提个方案，挺吓人的，有不同意见可以反驳嘛！ 那就是让玛钢厂破产！ 随后他从市场角度进行分析，又讲了讲啥叫破产。 厂长们惊得打寒噤。 看来让玛钢厂破产，是潘老五心里酝酿已久的事，他为啥不让老王在厂里搞股份制呢？ 董事们恍然大悟。 余后又是冷场，谁也不拿反对意见，末了潘老五从轮椅上一蹿拍了板。

散会后，陈凤珍听完全过程就目瞪口呆了。门缝扑进来的寒流，刺激得她鼻子发酸。抛开个人成见，这现象本身就够气人的。她生气地叫来老朱和老周。老朱知道陈镇长会生气，进屋就当着陈凤珍骂潘老五。他骂，十个瘫子九个怪，一个不死都是害！挺会赶时候，搬出破产的招子！虽然陈凤珍对于宣布玛钢厂破产也觉突然，但她眼下生的不是这个气。陈凤珍冷冷地问他同意破产吗？老朱说我看玛钢厂还有救儿。陈凤珍吼道，那你为啥不在会上说？老朱哭丧着脸说，我咋说？都没个响屁，让我去伤人？本来老潘因我那阵代理总经理，就瞅我气不顺，这回再顶撞他，非把我撸了不可。陈凤珍气呼呼地说，你保自己怕伤人，就不怕公司受损失？老朱说，又不是我一家，天塌下来大家顶着。陈凤珍倒觉得自己没话了。她沉默片刻，又扭头问老周为啥不行使董事权利。老周和善地笑笑说，咱是重义气的人，人家老潘过去对我有恩，这阵刚瘫了，咱不能落井下石呀！陈凤珍气得苦笑起来，她骂，真是歪锅对歪灶，歪嘴和尚对歪庙，让我咋说你们？你们盼着股份制，你们受过老潘瞎决策之苦，该你们行使董事权了，却豆干饭焖起来了。老朱和老周见陈凤珍真生气了，还要解释。陈凤珍一挥手骂，都滚，不值得为你们操心！她坐在办公室直喘气，一时觉得肺痛，怕是跟父亲一样患肺气肿了吧。这时潘老五打来电话叫她去他家，说有喜事报告。有啥喜事，这一天要账的就来三拨了。按着破产法，破产企业不偿还债务。那样，年前保密，年后都知道还不知乱成啥样子呢。 陈凤珍心情烦乱，这时候非常想到雪地里走走。 可是天不下雪，天上有太阳。 傍晚时分福镇落下大雾，小镇便灰得不见别的颜色了。 陈凤珍在雾气里去看潘老五。 她有些腻歪，但还得去，还得去看这铁腕人物的脸色。 恰巧小敏子和她丈夫来看潘老五。 她丈夫从海南办事处回家过年了，从南方带来人参酒给潘老五。 陈凤珍看着挺憨厚的小伙子，心里直替他难过，小伙子真的不知晓，还是睁一只眼闭一只眼呢？ 小敏子当着丈夫的面也敢给潘老五捶背，无拘无束地说笑。 陈凤珍觉得围着潘老五转的人形形色色，包括自己，真够演一台戏的了。 也许是为显示自己的威力，潘老五当着小敏子两口子就跟陈凤珍谈工作。 他说的喜讯是，老宋调县委信访办公室当主任，陈凤珍提拔为书记。 陈凤珍又觉得潘老五天真的样子挺可笑。潘老五又向陈凤珍说起上午的董事会，他很得意地说，董事会开得很成功，大伙一致建议，玛钢厂倒闭！ 我正想跟你商量呢！ 陈凤珍轻蔑地笑笑，心想往后你乱插杠子，又可以往董事会推了，他总会有理的。 陈凤珍说，既然董事会定了，就执行吧！ 其实她也想不出医治玛钢厂的好办法。 明年，明年会是怎样呢？ 潘老五边喝药边笑说，从这次会议看，我老潘威力不减当年哪！ 不过，董事们也是够懂事儿的，不跟我老潘对着干！ 陈凤珍听见他的笑声浑身发冷。 她问，你不觉得破产，也是冒险吗？ 潘老五大声说，是的，毛主席说，无限风光在险峰嘛！ 冒这次险，福镇也许就有救儿啦！

陈凤珍心里祈祷，但愿这次潘老五歪打正着。 她问，你有把握？ 潘老五抓着后脑勺嘿嘿笑，我是让你三姑卜算好了的，你三姑说玛钢厂凶，废了才有救。 不信，你回家问凤宝，他陪我去算的！ 他又笑。 陈凤珍心一凉，没啥话可说了，只仰脸呆呆地看雾。

　　天黑起风时陈凤珍朝家走。 她听见零零星星的鞭炮声了。 买年货的人们，像走马灯似的来来往往。 她已经嗅到浓浓的年味了，到家里却看不出过年的意思。 田耕开车来接她回城里过年，他刚来就碰上凤宝和阿香打架。 陈凤珍到家时他已将架拉开了。 她没问田耕，就看见凤宝噘嘴蹲在地上发呆。 阿香把她拉到东屋，哭哭啼啼地说，凤宝这狗东西跟潘老五学坏了，拿来黄色录像看，看过还……陈凤珍生气地说，别说了，恶心不恶心？ 随后她走到西屋，想狠狠批评弟弟一顿，又不知咋开口，就说明年你别跟潘老五啦。 凤宝愣起眼不明白，不是你让我去的吗？ 陈凤珍说别问为啥，此一时彼一时，懂吗？ 凤宝嘟囔说我不是董事咋会懂？ 陈凤珍问父亲去哪儿啦，还不操持过年？ 阿香说，都让凤宝给气跑的！ 凤宝偷了父亲为糊涂爷做的立佛丹，给潘老五用上了，父亲刚知道，跟凤宝闹了一通，就扛起猎枪，去北滩林子里打红兔子去啦！ 陈凤珍叹一声，也断不透谁是谁非了。 她拉上田耕开车去北滩找父亲，她知道父亲打不到红兔子不会回家，甚至连年也过不安生了。 到了车里，他们看见小镇彻底被雾笼罩了。 田耕问她那些贷款明年能不能还。 陈凤珍怕他和薛行长过不好年，就没把玛钢厂破产的事说破，只是一笑。 田耕从她神秘的微笑里得到了答案。 汽车拐过镇口，他们看见一家结婚的，门口彩灯闪烁，鼓乐班子吹起喜庆的曲子，给福镇的年根儿添了好多喜气。 田耕算了算是双日子，夸了几句今天结婚好。 陈凤珍心平气和许多，说碰上结婚的好，如果赶上瑞雪结婚就更好了。 田耕说我们结婚不就天降瑞雪嘛。 陈凤珍回头看见小镇的灯光了，在雾夜里划着十分优美的弧形。 她说，瑞雪兆丰年是老皇历了，福镇是有福的，没有瑞雪下来也会有好年景的。 一年更比一年好，是不？ 田耕说谁不巴望着好哇。 陈凤珍将脑袋歪靠在田耕的肩头想，父亲在这无雪的平原上能打着红兔子吗？

　　进了腊月门儿，雪下疯了，纷纷扬扬不开脸儿。 烈风也舞得急，抹白了一片大海湾。 白得圣洁的雪野里零零散散地泊着几只老龟一样的旧船。 老扁盘坐在炕头上，烤着火盆儿，吧嗒着长烟袋，眯着浑黄的眼眸瞄着窗外。 荒凉海滩上压着层层叠叠的厚雪，撩得他苦闷的心窝窝儿猛地来了精神儿。 他心里念叨打海狗的季节到了。 他别好长烟袋，挺直了腰，拧屁股下炕，打黄土墙上摘下一支明晃晃的打狗叉。他又带了拴狗套儿，便披上油脂麻花的羊皮袄，戴一顶海狗皮帽子，扑甩着一条胳膊，斜斜歪歪地闯进雪野里。

　　两溜儿深深的雪窝儿，串起空旷海滩上的无数道雪坎儿。 老扁矮小枯干的身影便隐没在纵纵横横的银白光晕里。滚至冰沿儿，老扁忽然不动了，斜卧在一艘冻僵的古船板上。 爬满粗硬胡楂的嘴巴喷出一团热气，就拽起拴在腰上的酒葫芦比画两下，锥子似的小眼睛依旧盯着沉静的远海。 白腾腾的，除了雪还是雪。 他无声地笑笑，感到一种空落，只有嘴巴寻着酒葫芦对话。 雪莲湾打海狗，出自乾隆年间。

小年儿的雪亲吻冰面时，海狗才偷偷摸摸地往岸上涌。 毛茸茸的身子一拥一拥地爬，模样有些像海豹，又不同于海豹。海狗哪块儿都是宝，肉可食，皮可穿，若是碰准公海狗脐，算是剁了个金疙瘩了——那是一种极珍贵的药材。 但这不是有个人样儿就能干的营生，险着哩，数数东海滩林子里的渔人墓庐，多一半儿跟海狗有死仇。 老扁出自打海狗世家，他的祖先都是雪莲湾出了名的打狗汉子，人称"滚冰王"。 这个在大冰海上自由滚动与海狗较量的强者家族着实荣耀。 老扁已记不清爷爷的粗辫子了，但脑里却时时记起爹肩扛海狗"喊海"时的赏灯之夜。 爹把拿命换来的海狗交给麻子队长时，村头老歪脖树下响彻了咚咚咚咚如击鼓般的掌声，鲜鲜亮亮地在夜空里荡开。 随后点燃一盏盏各式各样的灯笼，挂满了枝枝杈杈，一盏比一盏火爆。 最后老族长亲手点上一盏贴"牛"字样的属相灯郑重交给爹。 爹将属相灯高高地举过头顶，绷脸不笑，心里却塞满蜜罐儿。 当时老扁还穿着开裆裤，不知道爹是属牛的，却晓得这是雪莲湾人自古以来最高的奖赏。 后来不久，铁牛般强壮的爹，野野的一身铁肉，却让海狗吞噬了。 一代滚冰王说没就没了。

如今六十岁的老扁被海狗搞掉了一条胳膊，他这个冰上鬼，若是脚步急，也早溺了埋了。 在他这个滚冰王后代的眼睛里只凝固了一个永恒的仇恨、嘲讽和挑战……雪片裹了老扁的身子。 海封得好死，可年年封海海狗并不都上岸，分大年儿和小年儿。 今年是小年儿。 狗日的迟早要露头儿的！

老扁想。

天地又暗。 潮爬来了。 不多时，冰层底下挤出呼隆呼隆的声如裂帛的脆响。 响声里也夹了隐隐约约的"嗷呵——嗷呵——"的犬叫声。 老扁兴奋得小眼睛里充了血，扭头时，蓦地看见几步远的雪岗顶端黑乎乎地袒露着什么。 他这才恍然明白狗日的迟迟不上岸的原因是它见不得一丝大地的影子。 老扁滚过浮雪，爬上那道雪岗儿，托一块雪团团儿，盖了被风吹秃的地方，又乜斜着小眼睛寻着嘎嘎裂响的冰面。 他调动了多年获得的嗅觉和听觉经验捕捉着冰面细小的变动。 他张大嘴巴吞了口雪粉，呲巴呲巴。

俄顷，碎月儿游出来了，百米远的裂冰上蠕爬着一个硕大的黄乎乎的东西。 老扁揉揉眼睛，活动一下冻僵了的手脚哈腰轻跑过去。 当他辨认出是一只大海狗时，就迅疾趴倒，匍匐着动，身下磨出哗啦哗啦的声响。 几步远时，老扁勾头趴在雪坎儿后面不动了，又灌了几口老白干酒，身上的筋脉就活了，老胳膊老腿儿也顿时来了灵气儿。 黄毛大海狗也不爬了，抽了几声响鼻，也像嗅到了人的气味儿，抬起带有花斑纹的毛头，忽闪着惶恐、善良而灼人的蓝眼睛。 忽地老海狗急促喘息着往回爬。 老扁细细审视，瞧定这是一只肥肥的母海狗。 棕毛稀稀的肚皮下蠕动着两只小海狗。 两个类若天犬般的小精灵不明真相地哀哀叫。 老扁霍地爬起，螃蟹似的横着身子堵了海狗的退路。

母海狗眼前黑了景儿，扭了头"噗"的一声将一只小海狗顶出三步远，小海狗滑溜溜地滚进一张一合的冰缝。 再顶下一个已来不及了，就凄厉厉叹一声，闭了眼，耷了头，死死护着小海狗。 然后就一动不动了，宛如悄然拱出的一座雪雕。

老扁孤傲地站在雪梁子上，候着母海狗的拼死腾跃。 然而没有。 僵持许久许久，母海狗缓缓抬头，怜怜地望着老扁恼怒的血眼。 老扁的身体像喝了烈酒似的一颤，攥叉的手也瑟瑟地抖了。 看见母海狗眼里溢出浊泪，老扁软软地愣了，怔怔地围着海狗兜圈儿。 硕大的与老扁身材不成比例的棉靴靴吱吱地踩进深雪里。 母海狗几乎在惊悸的"吱吱"声里烂泥一样瘫在雪地上。 老扁的胸窝儿几乎要憋炸了，厉厉地吼："狗日的熊样儿，出招儿哇！"

母海狗悲戚地喘息，如秋风吹落的一团黄柚子。

老扁又叫："滚，滚吧尿货！"然后狠狠朝母海狗踢一脚，如踢打一块破棉布团子，噗噗响。

母海狗依旧不动。 老扁沮丧了，鼻头沉闷地哼一声，便悻悻而去。

茫茫雪野里只有老扁脚下的棉靴靴刮刮喇喇地呻吟个没完没了。 尽管老扁一辈子啥都干过，可是杀海狗是他一生的营生。 肥肥的狗肉和昂贵的狗脐是他渴望猎取的，可更合他心劲儿的是他与敌手公平地厮杀较量。

往年闯海，转悠这么多时辰，早干上了。 今天除了撞上那个晦气的母海狗，还没寻着别的。 他丧丧地叹口气，心里更是空落落的不是滋味儿。 突然，老扁觉得脚下踩住了一个肉乎乎的东西，身子晃退一步。 他以为踩的是一道雪坎子，谁知肉肉的，是一只隐蔽的大海狗。

显然海狗被激怒了，老扁还没回过魂儿来，它就哼哼哧哧地摆起身子，老扁脚下的冰排也就摇了。 他脚一跳，实实地摔在冰排上。 他手中的叉也脱出去，凉冰冰的海水就"呼"地漫上了冰排。 冰排整个变成滑溜溜的白玉，一点抓挠也没有了。

老扁眼睁睁地瞅着自己身体往海里坠滑。 海水漫过老扁的膝，他忽地灵机一动，灵巧地用扁担顶在两块冰层之间。一头儿恰恰顶住了老扁下滑的身子，就借这股子劲儿，他腾地将身子从冰上硬挺了起来，一滚，搭上了对面的冰排。 可是驮海狗的那块冰排却一颤一悠，笨重的大海狗冷不丁招架不住，直线朝老扁哧溜过来。 老扁就势从冰层夹缝里撸出扁担，狠命一挑，将海狗顶起来，急急一转体，随着"嘎巴"的扁担断裂声，大海狗重重地落在老扁脚下，腾起一团扎眼的雪粉。

"狗日的！"

老扁挑衅似的吼着，甩了半截扁担扑过去．栽了一脸雪。 大海狗就凶凶地扑过来，两只锋利的前爪直抠老扁咽喉。 老扁没爬起，蓦地抬了两腿，一蹬，顶出海狗两米远。他倏地扑过去，攥紧海狗的后腿儿，抖腕一扭，悬空甩一个圆形的滴溜儿。

海狗又被重摔在冰排上，嗷嗷叫着，四条腿瞎扒拉乱踢腾，抖麻了老扁的单臂。老扁吃不住劲儿，晃了几晃，一头扎在海狗的怀里了。海狗的铁头"嘭"一声与老扁的脑袋相磕，撞得老扁头昏眼花嗡嗡叫，鼻头流了热嘟嘟的血。他与海狗滚打成一团了。

老扁嗅了血腥，气极了，又顺手抓了那截断茬儿的扁担，朝海狗肚皮重重一捅，扎了进去，大海狗痉挛着躺在血泊里……

大海狗死了。

老扁惬意地冷笑着。得意够了，就缓缓解下缠在腰间的青麻绳，七缠八绕地系上海狗的头。消停片刻，老扁把绳子搭在肩上，拖着战利品，一点一点地往回拽，嘴里不住地哼着野歌……猛抬头见了岸，便知该"喊海"了。祖宗留下来的规矩，凡打了狗的汉子，上岸就得喊几嗓子，不管远近不分老少，听见了就来的，搭手就分一份狗肉。老扁是小年儿第一份"开张"的，就更得喊了。他把一扇巴掌贴在嘴边，泼天野吼：

"噢，老少爷们儿，分狗肉喽——"

"噢！"

死静死静，唯有落雪声。

吼了几嗓子，老扁不见有人来，便没趣道："对不住啦，只好吃独食儿啦！"一到家，他先将海狗拽到灯下，一刀剜了狗脐儿，拿布裹了，就跪在地上鼓捣鼓捣地从柜下拎出一个光绪年间出窑的黑釉酒罐儿，揭了盖儿，小心翼翼地将狗脐放进去，里面疙疙瘩瘩的狗脐塞得满满实实。

他知道，这一罐能值几万块。小酒罐像神一样为他明鉴清白，他要用它赌一个今生来世。至于狗脐的归宿，他心里早有安排了。等他不能动了再卖，拿这笔钱立个雪莲湾"滚冰奖"。他知道这年头儿"奖"多。

老扁太乏了，斜靠在炕沿儿，眼皮一合竟搂着酒罐入梦去。

天一点一点地亮了。他起身，长长地伸了个懒腰，就去堂屋抱来一捆干干爽爽的树枝，点了灶膛。膛内的火明明暗暗，将他的憨头面孔映红。他又弄了几瓢锅里的开水倒进一只脏兮兮的旧盆里，托回炕上，架到炭火盆上，又用刀将海狗的后脊剖开，切成条条块块。他顿了顿，又往一只盛了酱油的碗里捏碎两只烤焦的红辣椒，上炕盘了腿，美滋滋地涮狗肉了。

"啧啧……老扁太爷，您老可真行啊！"邻居一个叫海子的男娃不知啥时溜进屋来，馋馋地盯着香气四溢的肉盆。海子才十八岁，每年冬天都缠着老扁学打海狗。老扁虽没收他为徒，却也蛮喜欢这孩子。

海子讷讷道："太爷，也带我打狗吧！"

老扁手抓一团肉塞进海子嘴里："吃饱喝足，太爷就收你当徒啦！"

"真的吗？"海子乐得直拍屁股。挪上炕，狼吞虎咽地吃喝上了。 临吃完，他的小眼珠灵活地转了转，道："老扁太爷，在我身上您老甭咋费心，帮我打一只狗就中。 拿一个狗脐的钱，就足能换一支上等火枪啦！"

老扁嘴里含着狗肉黑了脸相，眼皮一眨不眨地瞪着海子，似要把他活活吞掉，红眼凶他："婊子养的，老子还没收你做徒，你就黑了心啦！ 拿枪打狗，有良心吗？"

海子吓白了脸，声音灰灰地说："太爷，您老太死心眼啦，又也是打，枪也是打。 我绝不占您老的地盘儿！"

老扁说："路是通的，海是公的，狗日的打了还来，老子不怕你抢营生！"

"那是……"

"皇天后土，祖上规矩。 好猎手历来讲个公道。 不下诱饵，不挖暗洞，不用火枪，就靠自个儿身上那把子力气和脑袋的机灵劲儿……"老扁唠叨个不停。

海子听不下去，恹恹地退下炕，说："老扁太爷，你走阳关道，我走独木桥！ 不跟你学就结啦！"

"滚。"老扁吼一句。

海子扭身下炕，跑了。 老扁却再也没了吃喝兴头儿，只觉心里慌得紧。

老扁又打了两只公海狗。"喊海"当口，狗肉都让老扁做了顺水人情，他仅捏了两个狗脐朝家赶。 他神气威风了一条街。 海子双手插进破棉袄袖里，与一群孩子踩雪。 老扁从他身边走过时，他贼眼瞟中了老扁手上捏的血红的东西，便知道了一切。

海子神神怪怪地哼一声。 道儿窄巴，雪地又滑，一个打雪仗的孩子与老扁撞了，老扁躲孩子跌了一跤。 海子在乱哄哄中发现雪地上丢了一个耀眼的红疙瘩。 等老扁走远了，海子就悄悄抓起那个红疙瘩，定睛一瞧，一蹦三尺高。

没隔几天，老扁就看见海子神气十足地扛一支双筒火枪闯海了。 老扁怅怅地望着海子，愣了许久，很沉地对大冰海叹口气，自顾自说话："罪孽，真格儿的罪孽未清哟……"打晚清就有了火枪，可打海狗从不用枪，祖上传下来的规矩。 先人力主细水长流过日月，不准人干那种断子绝孙的蠢事儿。 过去谁用枪就要祭海的。 在老扁仇恨的眼睛里，海狗也是一种令人敬畏的生命。 生命与生命的厮杀，才显出尊严和名声。 人活名儿鸟活声，海子那小兔崽子，见钱眼开，连名儿都丢了，迟迟早早要遭报应的。 老扁咒着。

"砰——"一声脆脆的枪响。

亘古以来雪莲湾大冰海上的第一声枪响，是海子打的。有一条海狗被枪砂击中，其余的海狗在灼热的枪砂追击下哀号着逃向雪野深处或跌进冰缝里。 傍天黑时，海子也拖着一条大海狗"喊海"了。 然而，没人来分他的狗肉。 他也不觉得怎么不好，就拖至村口的酒店卖了，掠了狗脐也学老扁神神气气地往家走。 枪声响过，老扁好像害了眼病，看什么都迷茫茫的一片，不见狗也不见人。 他心一紧，周身汗毛竖立，胸口窝儿沁出冷汗来。 夜里睡觉时脑子里也影影绰绰塞满枪声，喉咙里也撕搅着一个异样的声音。

第二天早上爬起来，老扁头沉沉的。睁眼就先吧嗒几口老叶子烟。烟叶子苦辣苦辣的，可还得抽，不能不抽，有口烟就能挺着。吃了早饭，他又"武装"了一番，就闯海了。没下雪，雾团团的空气里砸着颗粒状的小凌子，风也一阵紧一阵，寒气像贼一样地游。这时大冰海深处滚来阵阵雷声，侧了耳朵听，才知是不远处荡来的摩托车响。之后便有叽叽喳喳的说笑声由远而近，远远近近都充满了杂响。老扁扭头看见一群穿"皮夹克"的年轻人个个扛着火枪，欣欣然地朝大海深处赶。一个桅杆似的小伙子看见老扁说："老头儿，还拿叉顶着哪？"

老扁不认识这群人，见了火枪脸上憋出火气，狠狠瞪他一眼，默默地走路。

"原来是个哑巴，嘻嘻嘻……"

老扁不回头，一任这些脏话在耳朵里飘进飘出。他显得很冷漠，这世界究竟怎么了，也不知哪块儿生了毛病。多少年了，雪莲湾还从没有人这样嘲弄他。人们敬重他。小崽羔子们，老子滚冰的时候，你们还不知在哪个娘儿们肚里转筋呢！你们得了哪号瘟疫，对人对狗都没了心肝。

"都闭上你们的臭嘴，你们知道他是谁吗？"老扁隐隐约约听见是海子在说话。

"是谁？"

"他就是赫赫滚冰王老扁太爷。"海子说。

"啥老扁老圆的？"

"滚冰王也不抵枪子儿快！"

"你们……"海子急了。

老扁气得身子软兮兮的，胡楂儿也抖抖的。干脆蹲下身，甩了手套儿，抓一团雪揉得沙沙响，皮肤凉得一惊一乍，几把雪下来就坦坦然然了。

海子说："别看咱们玩了两天枪，戳在这儿的都算着，加一堆儿也不如老扁太爷一根毫毛！"

"呸，牛的你！"一个小伙子叫。

"他年轻时是个打雁的神枪手呢！不信让他给你们开开眼。"海子踌躇满志地说着，三步两步奔到老扁跟前，递过枪，"太爷，我的话可吹出去啦，您老看着办吧！"

老扁瓮一样地蹲着不动，加重了喘息。

海子又激他："咱就这么栽啦？"

"皮夹克"们起哄了："老头儿，尿啦尿啦……"

老扁"嗖"地站起来，劈手夺了火枪，急眼一扫迷迷蒙蒙的天空，见一飞鸥，抬手"砰"一枪，鸥鸟扑棱棱坠地。海子龇牙咧嘴地喜叫："神啦，绝啦……"

"皮夹克"们木木地张了嘴巴，海子说："太爷，您老也先换脑筋后换枪吧！"

"呸！"老扁重重地哼一声，赌气扔了枪，两眼盯着前面的死鸥，默默地很伤感。他像是脏了手似的，又抓了一把雪，攥成实实的雪团团，揉一会儿就有水下来，如同手掌心里生出的一层老汗。

年轻人悄悄散开，各自晃着黑洞洞的枪口。于是，大冰海哑静哑静了。悄然无声中，一只只海狗懒懒散散地爬出冰缝了。浓浓的雾遮住了老扁的眼睛，他看不见什么，却听见了海狗蠕爬的沙沙声，顿时来了些精神儿，支撑着立起来，眼前一阵昏黑，晃晃悠悠，用叉拄着冰面，像个三条腿的怪物一样勉强站住了。他皱巴巴的老脸神情木然，像在回想，又像在等待什么。他咬了咬干裂的嘴巴，挺挺身儿，也觉得失去元气一般，忽然还有一种被侮辱遭遗弃的感觉。不多时，一排惊惊乍乍的枪响无所依附地在冰面上炸开了，传得远远的……

老扁打了个寒噤，四肢冰冷。过了一袋烟的时间，"皮夹克"们一个一个从雾里露了脸儿，幽灵似的。几个家伙拖着几只海狗笑着转悠过来，看见木呆呆的老扁就嚷："咋样哩，滚冰王，紧溜儿鸟枪换炮吧！"

"哈哈哈……"

年轻人又全晃进雾里。

老扁心头涩涩地空落，不知怎么鼻子就发酸，眼窝也有泪纵横了。他用力把无名的酸气压回去，挤进心的底层，然后狠狠揪了一把鼻涕，惴惴而去。

后来的一些日子，大冰海上枪声不断，就是不见了老扁的身影。老扁病了，昏昏沉沉地躺在炕上，面黄，腮凹，眼窝深陷，蒙了一层雾翳的老眼看啥东西都晃出重重叠叠的幻影。 村里老少来看他，扶他坐起，他仍旧呆呆的，极似一位坐化的高僧。 倒也好，村里人暗暗庆幸第三代滚冰王不会把命扔海里了。

　　年根儿的一天夜里，雪都下黑了。 雪片漫漫泛泛、绵绵亘亘扬个不休。 雪片与雪片摩擦出揉纸般的声音。 不知吹来哪股风儿，这平平常常的雪夜竟成了大冰海最热闹火爆的日子。 冰面上灯火点点，枪声阵阵。 海狗的血腥气在雪莲湾越来越浓，远远近近一片海狗的吠叫声。 这夜里，海子心里充满了原始生命般的旺盛东西。 他与村里的哥儿俩合伙打狗，地地道道开了张。 齐刷刷一排黑色枪砂铺天盖地扫过去，海狗躲都躲不及。 他们跟疯了似的。 雪野里闪着绿幽幽的蓝光。 都后半夜了，海子他们爽得邪性，也围猎正欢。他们堵了一群滚出裂冰区的海狗。 三个黑洞洞的枪口瞄正了位，海狗群里忽地腾起一片雪柱，几只海狗叽叽噜噜往大海深处逃了，唯有一只瘦小的白海狗，左突右冲躲闪着枪口朝着人斜冲过来。 海子惊骇地慌了神儿。 "天杀的！"厉厉吼声起，"砰——"枪声落，白海狗滚了几滚，扎在雪坎子上不动了。 海子望一望两个伙伴儿，惶惶惑惑地奔过去，定睛一看，"嗵"的一声跪了下去，抱起血糊糊的一团，哭了：

　　"老扁太爷——"

记录"三农"变迁，见证改革进程

——关仁山小说略论

吴义勤

关仁山是高产型作家，从文三十多年来，发表了大量的小说。新世纪以前以中短篇为主，主要有《苦雪》《蓝脉》《太阳滩》《九月还乡》《大雪无乡》《躁潮》《醉鼓》等。新世纪以后，侧重长篇创作，主要有《天高地厚》《白纸门》《麦河》《风暴潮》《日头》《金谷银山》《大地长歌》等。其中，创作于 20 世纪 90 年代中期的《九月还乡》与《大雪无乡》，既是作者的代表作，也是当代文学史上的力作。

他的小说在取材上贴近现实，以关注社会发展的当下品格和强烈的现实参与意识而引起关注。聚焦社会热点问题，展现浓郁的时代感，以及对 20 世纪 90 年代生活气息的敏锐捕捉与乡镇社会风貌的成功表现，构成了其现实主义小说创作的突出特点。《苦雪》聚焦野生动物保护，维护生态平衡问题，《九月还乡》关注回乡创业问题，《麦河》涉及农村土地流转问题，《大地长歌》记录改革开放四十年来城乡特别是农村变迁，都以其浓郁的时代感和当下品质而给人以深刻印象。 在作者看来，乡镇又往往是社会变革的一个缩影，是社会转型时期社会发展、经济改革的集中写照。 描写一个乡镇的发展风貌，并深入内部细描其世情与世相，也即触及了当代中国城乡发展的真相。 由此出发，他将小说创作置于改革开放的大背景下，不仅揭示在现代文明冲击下农民生存观念与方式的变化，展现乡镇、乡村所遭遇的阵痛式发展过程，也展现"三农"的发展趋势和美好愿景。 比如，在《大雪无乡》中，小镇中的人事纠纷、乡镇企业的浮沉兴衰、乡镇居民的生存艰难都是对那个历史时期整个社会发展风貌的真实反映。 作家能够直面现实，反映现实，是现实主义文学的一次重大超越。

他的小说成功塑造了乡镇基层人物形象，对 20 世纪末乡镇基层官员的刻画富有深度和新意。 比如，在《大雪无乡》中，作为镇长的陈凤珍、作为书记的老宋、作为企业代表的潘老五无不具有当下性、典型性，既昭示着鲜活的时代气息，又表现了人物性格的立体感。 在多雪与无雪的环境对比中，在展现人物的失望与希望之间，在有为与无为的官场人物的争斗中，小说展现了生活的丰富性，既于白描中见出生活的深厚和人性的多彩，也于从容的叙述中映出充沛的艺术功力。

以小说方式关注农民命运，探讨"三农"问题，回应最前沿的时代命题，使其文学创作与当代中国四十多年来的改革历程始终同步，表现出了宏阔的历史意识、积极的介入情怀和崭新的未来精神。 早在 20 世纪 90 年代,《大雪无乡》与《九月还乡》就因触及乡镇企业改革、农民生存、农村青年回乡创业等诸多热点问题而在一定范围内引发深入讨论。进入新世纪后,作者以小说方式对"三农"问题的关照与表达愈发全面、深入。 他的"农民三部曲"(《天高地厚》《麦河》《日头》三部长篇小说的合称)全方位表现农村的社会变革及其现实矛盾,重塑乡村形象、乡村精神,同时也不回避当前"三农"领域存在的诸多问题,比如贫富差异、空间闭塞、精神荒芜、道德失范、人心不古……其为"三农"代言、为天地立心、为时代做证的创作愿景,在当代小说家群体中并不多见。 长篇小说《金谷银山》与《大地长歌》继续聚焦"三农"问题,特别是作为核心问题的土地问题。 作者以真切的现实情怀和强烈的参与意识,展现新时代的农民在继续改革大潮中的新形象(新时代农民)、新理念(新土地观念)、新行动(走新型农业之路)。 这些聚焦"三农"的长篇小说均以对现实生活的正面描写和对主旋律的弘扬而著称。 近几年来,他的小说创作愈发向着总体性、全局性的宏观维度发展。 比如,《大地长歌》以京津冀地区农村发展为素材,聚焦四十年农村改革进程,描写其中人事纷争与命运浮沉,其艺术构思与实践上的魄力可见一斑。 在可预见的未来几年,有关"三农"问题的关照与表达,依然是其从事文学创作的核心命题。

他的小说在艺术上对传统现实主义写作一脉多有继承。

首先，从整体上看，技巧让位于生活，形式服务于内容，一切以对人物、环境、情节的充分显现为旨归，尤其在叙述上朴实无华，毫不花哨，呈现为无为而为的无技巧境界。 其次，小说注重以最当下感的生活画面和生动的细节凸显人物性格的本来面貌，特别是以写实笔法处理重大事件，以细节和细部反映整体风貌，以多视角、多侧面交叉讲述推进情节发展的修辞意识或实践，都显示了作者在小说艺术追求上的独特风貌。 再次，他的小说塑造了一系列形象色色的乡村人物形象，不但丰富了乡土小说人物画廊，而且其中对新时代农民形象的塑造也填补了某些空白。

关仁山及其小说创作在当代文学史上的意义不容忽视。一方面，当宏大写作大幅退场，"躲避崇高"甚嚣尘上、鸡飞狗跳的琐屑描写成为风尚，当欲望之风和身体崇拜似乎成为文学描写的不二法门之时，其对现实主义文学的继承与超越，不仅显示出作家可贵的社会责任感和良知，也显示了他对文学艺术展开探索的勇气和魄力。 另一方面，当众多作家一股脑儿回归历史，逃离当下，或沉溺于碎片，自动放弃担当，关仁山接续柳青、浩然、路遥一脉，不仅将对中国农村的全面关照与书写延续到当下，而且还将现实题材写作在艺术上大大地向前推进了一步，其成绩和贡献有目共睹。

图书在版编目（CIP）数据

　　九月还乡/关仁山著；吴义勤主编. --郑州：河南文艺出版社，2020.3

　　（百年中篇小说名家经典 / 何向阳总主编）

　　ISBN 978-7-5559-0860-9

　　Ⅰ.①九…　Ⅱ.①关…②吴… 　Ⅲ.①中篇小说-小说集-中国-当代　Ⅳ.①I247.5

　　中国版本图书馆 CIP 数据核字(2019)第 189784 号

丛书策划　陈 杰　杨彦玲

本书策划　王 宁　　　　　责任校对　殷现堂

责任编辑　王 宁　　　　　责任印制　陈少强

丛书统筹　李亚楠　　　　　书籍设计　书籍/设计/工坊 刘运来工作室

九月还乡
JIUYUE HUANXIANG

出版发行　河南文艺出版社

本社地址　郑州市郑东新区祥盛街 27 号 C 座 5 楼

邮政编码　450018

承印单位　河南瑞之光印刷股份有限公司

经销单位　新华书店

开　　本　787 毫米×1092 毫米　1/32

印　　张　5.875

字　　数　114 000

版　　次　2020 年 3 月第 1 版

印　　次　2020 年 3 月第 1 次印刷

定　　价　25.00 元

印厂地址　河南省武陟县产业集聚区东区(詹店镇)泰安路
邮政编码　454950　　电话　0391-2527860